これはこの世の始めの**物語**。
日本の始めの**物語**。
神様たちの**物語**。

第一章　イザナギとイザナミの国産み

史上最古の夫婦
神の愛と憎しみの物語

第二章　アマテラスと天の石屋戸開き

太陽神アマテラスを取り戻せ!
八百万の神々総動員の知恵と力の物語!!

第三章　スサノオのヤマタノオロチ退治

問題児から英雄へ!!伝説の戦いが、いま始まる!

第四章　オオクニヌシの国づくり

日本史上初の王の誕生!!

第五章　国譲り

天と地の神々の戦いと
熱き友情物語!!

最終章　天孫降臨、そして……

神々のオールスターが
地上の世界にやってきた!

初代 神武天皇の誕生！

神訳　古事記
開幕！！

『神訳　古事記』目次

カバー・本文デザイン／宮崎貴宏
カバー・本文イラスト／たっぺん
編集協力／山本時嗣
本文図版／株式会社キンダイ

光りも無ければ、
時も無く、
空気も無ければ、
音も無い。

ただ、「無」の世界

ある日、ある時、ある瞬間に、

光が闇を切り裂いて、

天地が現れ、多数の神が現れた。

その最後に生まれた神が、

世に聞く、
イザナギと
イザナミ
だった。

第一章　イザナギとイザナミの国産み

イザナギとイザナミ。

この二柱《はしら》の神の物語から、日本の神々の物語は始まる。


まだ生まれたばかりの、幼いイザナギとイザナミ、二柱の神の脳裏に言葉が響く。

「イザナギ……、イザナミ……、聞こえますか……？」

「だ、誰……？」

眠っていたのか、うっすらと目を覚ましたイザナギに、再びどこからか言葉が響く。

「私は……、神です。天の中心の神。イザナギ、目覚めなさい」

「どっちかって言うと、僕年下の女性の方が好きなんだけど、その声だと神さまは年上？　年上も、まぁ悪くはないかな……」

「そっちの『目覚め』じゃなくて。起きなさい。イザナミも」

「ふぁぁ……よく寝た……。って、誰この声？」

「私の名は『アメノミナカヌシ』。この天地の初めに現れ、この天地の中心を成す神。要は『すごい神』。そんなすごい神の私が、あなたたちに使命を与えます」

「ねぇナミリン、『使命』ってなに？」

「『ヤル』こと」

「やだ、超卑猥《ひわい》」

「言葉は合ってるけど、違う」

「はい、すいません。で、なんでしょう？」

「生きとし生けるものには、それぞれに果たすべき『使命』があります。私があなたたちに使命を下します。イザナギ、イザナミ、あなたたち二柱の神で国をつくりなさい」

「えっ!? ていうか、国ってなに？」

「なにもない世界から天地が分かれ、天上界は『私たちすごい神々』によってつくられました。しかし、一五〇億年も経《た》ったというのに、未《いま》だ地上界は半液状のままクラゲのように漂っている始末。この地上界をしっかり固めて、揺るぎない大地をつくりなさい」

「で、でも……どうやって……？」

「この伝説の道具『天《あめ》の沼矛《ぬぼこ》』をあなたたちに授けます。これを地上界に入れてかき混ぜればなんとかなるでしょう。さぁ行きなさい、早く行きなさい、とっとと行きなさい」

「（この神……めっちゃ強引やん……）」

「あ、最後に、これを機会にあなたたちの名前をそれぞれイザナギノカミから『イザナギノミコト』へ、イザナミノカミから『イザナミノミコト』へ変更します。ミコトというのは、使命の『命』と書いてミコト。しっかりと与えられた使命を果たすように」

「は、はーい……」

そうして、イザナギとイザナミの二柱の神は天の沼矛を携えて、天上界 高天原《たかまがはら》から地上界との境目、「天《あめ》の浮橋《うきはし》」へと降りていった。

二柱の神はふわりとその橋に降り立つと、一度橋の上から「地上」と言われる世界を覗《のぞ》いてみた。

そこには、液体なのか気体なのか固体なのか、とにかくなにがなにかわからない『なにか』が音もなく混沌《こんとん》とうごめいていた。

「ねぇ……イザナギ……。こ、これどうしたらいいの？」

「わ、わかんない……。とりあえず、これ、刺したらいいんじゃないかな？」


イザナギは一度顔を上げてイザナミの方を見ると、イザナミも同じようにこちらを見ていた。

二柱の神は同時に目を合わせて一度頷《うなず》くと、持っていた天の沼矛を、「えい‼」という言葉とともに地上に突き刺した。

「ズブッ」という鈍い音とともに地上界に突き刺さったその矛は、同時にうごめいていたその『なにか』の流れに合わせるようにゆっくりと、それでも確かな感触を持って、奇妙な音とともに地上界をかき回し始めた。

こおろ。

こおろ。

「なに？　この音？」

「なんだろうね？　一度引き上げてみよっか」

そう言って二柱の神は地上界から矛を引き上げた。

すると、矛の先からポタポタと、そのかき混ぜた液体のような、固体のような物体が、先ほどまでとは打って変わって、輝きを持って二柱の神の目の前をしたたり落ちていった。その光り輝くしずくは地上界の混沌の中に落ちると同時に固まり積もり、その場所に緑溢《あふ》れる島をつくった。

「できたぁぁぁ！」

「きゃぁぁ！　やったー!!」

その島の名は自《おの》ずから凝《あつ》まってできたという意味から、「自凝島《おのごろ》」。現在の淡路島《あわじ》のすぐ脇に、実際にその伝承が残る小さな島がある。

この島こそが、日本の国土と歴史の始まりの場所だった。物語の最初の舞台となる。

イザナギとイザナミの結婚

無事初めての大地を生むことができたイザナギとイザナミ。

二柱の神は次に、降り立ったその島の中心に「天《あめ》の御柱《みはしら》」という、天まで届くほどの高く太い壮厳な柱を立て、そこに二柱の神が生活するための宮殿を建てた。

木々の香りと温もりが広がる宮殿。

傍《そば》を見ると、そこには大好きなイザナミ。これが「幸せ」というものなのかな。少し早いが、そうイザナギは感じていた。


そんな折、イザナギはずっと前から気になっていた疑問について、口に出してみた。

「なんか……股の下についてるんですけど……」

「え？」と思われたあなた、この物語は真実である。イザナギとイザナミの会話は続く。

「ねぇ、ナミリン？　あのさ、一つ聞きたいことがあるんだけど……」

「なに？」

「股の下ってどうなってる？」

「バッ!!　なに急に!?」

ここは真実味を出すために、「古事記」の原文に近い言葉で記してみようと思う。

「我が身は成り成りて、成り合はざる一処あり（私の身体《からだ》はきちんと完成しているのですが、一か所だけくぼんで成り合わないところがあります）」

「我が身は成り成りて、成り余れる一処あり（私の身体もきちんとできているのだが、一か所だけ余ったところがある）」

「故に、此《こ》の成り余れる処を以《もっ》て、汝《な》の成り合はざる処を塞《ふさ》ぎて国産み成さむと思ふが、如何《いか》に？（そこで、あなたのくぼんだところに、私の飛び出たところを差して塞いで国を産もうと思うが、どうだろうか？）」


これが日本神話「古事記」の真実である。

ちなみに、このイザナギとイザナミは夫婦神《めおとがみ》と思われがちだが、実は兄妹。「妹萌え」の時代は、この神々の時代からすでに始まっていたのだ。


イザナギの問いかけに対して、イザナミは笑顔で答えた。

「うん！　そうしよう!!」

そう言うと二柱の神は、日本で初めての結婚の儀式として、宮殿の中心にある聖なる柱「天の御柱」の反対側同士に立ち、イザナギは左へ、イザナミは右へ。ゆっくりと歩みを進めていくと同時に再び巡り合えた、その時にイザナミから声をかけた。

「まぁ！　なんて素敵な方!!」

「なんて素敵な女性なんだ!!」

その瞬間、イザナギはなぜか嫌な予感がした。不安をそのまま口にしてみた。

「僕から声をかけた方がよかったんじゃないのかな？」


イザナギの予感は的中。

案の定、その後の「まぐわい＝男女の営み」を経て二柱の神の間にできた子どもは、軟体動物のように骨がなかった。グニャグニャの「水蛭子《ヒルコ》」が生まれたのだった。

そこで、この二柱の神はとんでもない行動に出る。


「思ってたのと違った」

その身勝手な供述一つで、認知拒否。あろうことか、我が子を小さな船に乗せて海に流してしまった。

現代であれば、刑事事件必至。少なくとも懲役二年求刑ものである。それをした。しかも神さまが、である。

意気消沈した二柱の神だったが、気を取り直して再びの国産みに挑むも、再び失敗。次は「淡島《あわしま》（淡路島ではない）」という泡の塊のようなよくわからないものを産んでしまった。そしてまた認知拒否。最早やりたい放題である。

しかし、当の本人（神）たちは傷付いたのであろう。二回の失敗に思い悩んだ二柱の神は、なにかアドバイスを求めようと天上界 高天原に昇り、先ほどのアメノミナカヌシを始めとした、すごい神たちに相談することにした。

ひたすらに泣きじゃくるイザナミ。その背中をさすりながら事情を説明するイザナギ。

二柱の神にとっては初めての失敗であり、初めての挫折だった。乗り越える術《すべ》がわかればよかったものの、二柱の神にはその方法がわからない。

きちんと儀式に則《のっと》って行為を行ったこと、決して生命を産みだすことの大切さを蔑《ないがし》ろにしていなかったこと、そんな一つひとつを拙《つたな》いながらも、一生懸命に話すイザナギ。

そのイザナギの説明を一通り聞き終えたアメノミナカヌシを始めとした、別天《ことあま》つ神《かみ》と呼ばれる、所謂《いわゆる》「すごい神」たちは、その失敗の原因を探ろうと「太占《ふとまに》」と呼ばれる、ある占いを行うことにした。「太占」とは鹿の肩骨を焼き、そのひび割れ具合によって物事の答えを知る占いのことである。

「ふむふむ……」

鋭い亀裂の入った骨を眺めながらアメノミナカヌシは一言だけ言った。

「女から先に言葉をかけたのがよくなかった」

「え⁉」

現代の自然界に目を転じてみれば、鳥や魚、動物などが生殖行為を行う際、ほとんどが男の方から一生懸命女性を誘《いざな》う。

イザナギとイザナミは、その自然の摂理に反していたというのだ。

原因がわかった。

「どうしよう……もう一回やり直してみよっか」

「……………う……うん………」


原因がわかったとはいえ、「次こそはちゃんとできるのか」と、未だに不安が拭《ぬぐ》いきれないイザナギとイザナミ。

それでも足もとのおぼつかないイザナミをイザナギがなんとか支え、二柱の神は高天原から舞い降りて、再び宮殿に戻り、まぐわいの前の儀式を行った。

前回と同じように柱の反対側同士に立ち、イザナギは左へ、イザナミは右へ。ゆっくり歩みを進め、巡り合えたその場所で手を取りイザナギが言った。

「なんて素敵な女性！」

返すようにイザナミが言う。

「なんて素敵な方！」

その言葉と同時に、その場が光り輝き、そのまま二柱の神は抱き合い、口づけを交《か》わし、交わり合った。

そこに、確かに大地が生まれた。

まず、イザナミの身体からオノゴロ島のすぐ傍に位置する淡路島が。次いで四国。隠岐島《おきのしま》。九州。壱岐島《いきのしま》。対馬《つしま》。佐渡島《さどがしま》。そして次に最も大きな島である本州が誕生し、この八つの島をもって日本という国の国土の原型ができ上がった。

非科学的であろうが、これが神々の世界の中での事実である。

その後も、イザナギとイザナミは八つの島を取り巻く小さな島々を産み続け、「国産み」という、天地始まって以来の最初の大事業を成し遂げた。

イザナミの死……

無事、「国産み」という大事業を成し遂げたイザナギとイザナミだったが、なんと言っても彼らは若い。

その溢れ出るエネルギーは国土を産み落とした後でも留まるところを知らず、大地の次は新たな神々を産みだし始めた。

海の神オオワタツミ、木の神ククノチ、山の神オオヤマツミ、食物を司《つかさど》る神オオゲツヒメ、神が乗る船トリノイハクスブネ、風の神シナツヒコ、野の神カヤノヒメを主な顔ぶれとして、土の神、石の神、岩の神、家屋の神、川の神……。

地上界を司る新たな神々を一気に産みだした。

国土だけでなく、神々も産む上に、その神々が乗る船まで産んでしまう……。イザナミ恐るべし……。


しかし、悲劇はある日突然やってきた。


いつも通りの日常。

「国産み」という大仕事を果たし、しかも多くの子宝にも恵まれた、イザナギとイザナミ。産みだした神々たちも、地上界で、それぞれがそれぞれに役割を果たしていた。

見る見るうちに大地には弾けんばかりの緑溢れる草木が芽生え、小さな動物から大きな動物まで様々な生物が生まれ、海にはどこまでも伸びていくような無限の青が広がり、そこに魚が生まれ、海の恵みを与え、そのすべてが種をつくり、子を産み、また新たな命を育んでいく。

どこまでも続いていきそうな豊かな大自然の循環の奇跡に、イザナギは確かな感動と安堵を感じていた。

「もう自分たちの使命は果たせた。後は自分たちの子どもに任せて、愛するイザナミと……」

気づけば長い年月が経っていた。

高天原から降り立った時は若く幼かった二柱の神も、地上の発展とともに確かな成長を遂げていた。もうかつてのようにおちゃらけた口調で会話することもなければ、小さなことでケンカすることもなくなった。

きっと今の自分たちを見てくれたら、天上界の神々も笑って認めてくれるだろう。

そう思い、フッと笑ったイザナギの耳を切り裂くような声が聴こえてきた。

「キャァァァァァァァァァァァァ!!」

一瞬にして黒雲が空を覆い、ざわめきがそこかしこから溢れ出した。聞き覚えのあるこの声は……。

「イザナミ!!」

そう。声の主は確かにイザナミだった。間違えるはずのない、生涯をともに過ごしてきた、愛する女性。

そのイザナミの尋常じゃない叫び声に、おぞましいほどの嫌な予感が心中を駆け巡る。

「(まさか……)」

イザナミは最後の神産みを控えていた。この神産みを終えることができたなら、自分たちはもう後進に道を譲り、天上界から地上界を見守る立場に変わろうと考えていた。

そう思っていた矢先の出来事……。


「イザナミ!! うぁっ！！！！」

強い勢いで宮殿の扉を開けると、中から猛烈な熱風が襲ってきた。

「な、なんだ……これはっ……!?」

目も開けられぬほどの熱気が部屋中を渦巻き、その中心に、イザナミらしき姿が目に入った。

「イザナミッ!! イザナミッ！！！！」

着ている着物の両袖で顔を覆いながらイザナミのもとに駆け寄った。そこには大火傷《やけど》を負ったイザナミと、その傍に燃えさかる炎に包まれた赤ん坊の神が横たわっていた。

「イザナミッ!! おい!! どうした!! 起きろ!!」

イザナギが何度声をかけても、イザナミは意識が朦朧《もうろう》とした状態でろくに答えることができない。

状況から見て、この火に包まれた赤ん坊の神を産み落とした時に、イザナミ自身も大火傷を負ってしまったのだろう。

イザナミは苦しそうにうめき声を何度も何度も上げ、同時に嘔吐《おうと》し糞尿を垂れ流した。

これが万物を産みだす神たる所以《ゆえん》なのか、イザナミが吐き出したものからも鉱山を司る神、便からも粘土の神、尿からは水の神と穀物の神が生まれた。

まるでその姿は命の最後に、新たな生命を産みだそうと、与えられた「使命」を果たすために、最後の命の灯《ともしび》を燃やしているように見えた。

「もういい……！　もう頑張らなくていいよ、イザナミッ!!……もうっ……」

溢れ出る涙を拭うこともせず、イザナギはイザナミの身体を抱き起こし、ただ一心にその手を握り、もう片方の手でその背中をさすり続けた。

手のひらから伝わるイザナミの呼吸は回数を重ねるごとに、少しずつ小さくなっていき、ゆっくりと閉じていくその瞳とともに、イザナミの命は終わりを告げた……。

「イザナミ……ッ!?　イザナミッ……!?　うぁぁぁぁぁぁぁぁ!!」

イザナギは泣いた。

徐々に温もりを失っていくイザナミの身体にすがりつき、国土を揺るがすほどの大きな声で泣き喚き、叫んだ。

「逝《い》かないでおくれっ……！　逝かないでっ……」

そこにはもう自分の泣く声以外の音はなかった。色もなかった。あるのはただ、灰色に包まれた無機質な空間が広がっているだけだった。


どれだけの時間が経っただろうか。

イザナギのその涙からナキサハメという神が生まれたが、そんなことすら気に留めることもなく……。

イザナギは時の流れすら忘れるほどの悲しみの中で、心無きまま愛するイザナミの亡《な》き骸《がら》を出雲《いずもの》国《くに》（現在の鳥取県と伯耆国《ほうきのくに》［現在の鳥取県西部］の間）の比婆山《ひばやま》に埋葬した。

宮殿に戻り扉を開けると、そこにあるはずの愛する妻の姿はなく、幻影だけが脳裏をよぎるばかりだった。

互いに結婚を誓った天の御柱の前に座り、泣けば泣くほど思いは深く、思い出せば出すほど、寂しさは募るばかりだった。

そんな中、未だ肌に感じる熱気だけが煩わしかった。

ふと横を見ると、そこにはイザナミの死の原因となった火の神ヒノカグツチが、少しだけ大きく成長し、元気いっぱいに炎を燃え盛らせ飛びまわっていた。

「お前さえ……生まれなければっ!!」

あまりの悲しみに、イザナギはスクッと立ち上がるやいなや、腰につけていた『天之尾羽張《アメノオハバリ》』という名の剣を抜き放ち、我が子ヒノカグツチの首を斬り飛ばした。

斬っ!!

ヒノカグツチの首は、猛烈な炎と血しぶきをあげながら宙を舞い、数度の鈍い音とともに地面に落下した。

驚くべきことに、イザナギの持つ剣の切っ先より流れた血から三柱の刀剣の神々が生まれ、剣の鍔《つば》についた血から雷神タケミカヅチと二柱の火の神が、剣の柄《つか》より流れ落ちた血から二柱の龍の神が、最後に遺《のこ》されたヒノカグツチの身体から八柱もの山の神々が生まれた。

我が子を手にかけてしまったこと、その亡き骸から新たな神々が生まれたことに目をくれることもなく、イザナギは遠くを見つめ小さく呟《つぶや》いた。

「イザナミ……、会いたい……。もう一度だけ……」

イザナギ、黄泉の国へ

黄泉《よみ》の国。

それは「陽」である天界と対を成す「陰」。

光が生まれれば影が生まれるように、神々の暮らす天界が生まれたことによって、必然としてできてしまった亡者たちが暮らす魔の世界。

イザナギ自身、その存在は知っていた。ほの暗く、深く、冷たい、光の射《さ》すことのない地底にある冥界。

まさか神である、自分たちが行くことなんてないであろうと思っていたその世界。

愛したものの死をただ、ただ受け入れることができず、深い悲しみの底に堕《お》ちてしまったイザナギには、もう考えて行動するだけの力が残っていなかった。

ただ、ただ、今はイザナミに会いたい。もう一度だけでも……。

その思いだけがイザナギの身体を動かしていた。

出雲にある黄泉比良坂《よもつひらさか》。

黄泉の国の入り口と伝えられている大きな岩に囲まれた地下への入り口から、イザナギは長い、長い下り坂を降りていった。

いつ終わるか想像もできないほどの長い、長い坂を降り続け、地の底にまで至ったイザナギは、突如として現れた大きな神殿の存在に驚かされる。進む道はすべてその神殿によって遮られ、その扉は固く閉ざされていた。

どこまでも暗く、静かで、音もない、光もない、不気味な空間が広がる中、それでもイザナギには、前に進むこと以外に選択肢はなかった。

閉ざされた扉の向こう側に向けてイザナギが声をかける。


「イザナミ……、迎えに来たよ……。一緒に帰ろう………」

しかし返事はなく、変わらない不気味な静寂だけが辺りを支配していた。

どれだけ待っても返事はなく、「やはりダメか」とイザナギがあきらめそうになったその時だった。

「イ……ザナ……ギ……?」

どこからか、心に直接語りかけてくるような声がしてきて、その瞬間、イザナギの心は大きく震えた。

そう、その声は、あれほどまでに強く愛したイザナミそのものの声だった。

「イザナミ！　イザナミ!!」

「どうして……来たの……？」

「どうしてって!?　まだ僕たちがつくろうとしていた国は完成してないじゃないか！　だから、一緒に帰ろう！」

「………」

「イザナミ……？」

「……ごめん……なさい……」

「……え？」

「私はもうそっちの世界には帰れない身体になってしまったの……。もっと早く来てくれたらよかったのに……」

「どういうこと……？」

イザナミはすでに「黄泉戸喫《よもつへぐい》」を済ませてしまっていた。

黄泉戸喫とは、黄泉の国のかまどで煮炊きしたものを口にしてしまうこと。日本では「同じ釜の飯を食った仲」という言葉がある通り、食事をともにすることによって同族意識が芽生えるという風習がある。

一口食べてしまったら最後。イザナミはすでに、黄泉の国の住人となってしまっていたのだ。

イザナギの絶望はさらに募っていく……。

「……そんな……っ」

「……ごめんなさい……」

「嫌だ!!」

「え……？」

「嫌だ!! 嫌だ!! 嫌だ!! 嫌だ!! 嫌だ!! 嫌だ!! 嫌だ!! 嫌だ!! 嫌だ!! 嫌だ!! 嫌だ!! 嫌だ!! 嫌だ!! 嫌だ!! 嫌だ!!」

幼いころに戻ったように、イザナギは声を張り上げて泣き喚いた。あきらめきれない思いを言葉に込めてぶつけるように、何度も何度も繰り返し、繰り返し泣き喚いた。

あまりにも続くイザナギの大声は、やがて黄泉の国すらも震わせ、洞窟の中の岩がつぶてとなってパラパラと音を立てて、崩れ落ち始めた。

それほどまでに最愛のイザナミを失った悲しみは深く、そして僅《わず》かだとしても、彼女が帰ってきてくれるかもしれない可能性を、捨てきることができなかった。

あまりにも人間くさい。それが日本の神々の真実の姿だった……。

「……わかりました……」

「え⁉」

「私もあなたと過ごしたい気持ちは山々です。だからもし許されるならば、もう一度地上の国へ帰りたい。そのことを黄泉の国の神に相談してきます」

「本当っ⁉　本当にっ⁉」

すっかり幼いころに精神が戻ってしまったようなイザナギは、イザナミのその言葉に喜びを隠せず、飛びはねるように喜んだ。

そんな子どものように喜ぶイザナギに、釘を刺すようにイザナミが言う。

「でも、お願い。約束して。待っている間、決して私の姿を見ようとしないで」

「え、あぁ、……う、うん……」

そう言うと、イザナミの言葉は聞こえなくなり、同時に見えないながらもその存在が神殿の扉の向こうへ去っていったのがわかった。

イザナミの最後の言葉のあまりの剣幕に、イザナギは一瞬言葉を失ったが、すぐにその心は輝きを取り戻した。

もうイザナギの心は、再び愛するイザナミと暮らすことができる喜びで溢れていた。

史上最古の夫婦喧嘩勃発

イザナギは待った。

長い、長い時間をひたすらに待った。

しかし、一向にイザナミが帰ってくる気配はなく、やがて時間の感覚がなくなってしまうほどに、イザナギには時が過ぎ去っているように感じた。

心とは弱く、移ろいやすいもの。

長すぎた時間は、イザナギの心に疑心暗鬼を生じさせ、良くない考えが次から次へとその心に浮かんでいった。

「(黄泉の神との交渉が上手くいっていないのだろうか……)」

「(大丈夫かな……一緒に行ってあげた方が良かったんじゃ……)」

「(もし、もしも、イザナミだけで、恐ろしい黄泉の神たちに立ち向かっていたとしたら……)」

「(ダメだ！　もう待ってられない!!　僕が行かなくちゃ!!)」

答えがわからない、いつ結果が出るかわからない、そんな「蛇の生殺し」状態は、いつの時代も人(神)の心を不安にさせ、結果的に悪手を招いてしまうもの。

しびれを切らしてしまったイザナギは、イザナミとの約束を破り、神殿の中へ入ってしまった。

これが再びの悲劇の始まりだった。


神殿の中は漆黒《しっこく》と言っていいほどの闇に包まれており、一寸先すらなにも見えない状態が広がっていた。感じられるのは凍りつくような冷気と不気味に落ちる水滴の音だけ。

イザナギは左の髪に差していた魔除《まよ》けの櫛《くし》を取り、その歯を一本だけ折ると、そこに火を灯《とも》した。

火はゆらゆらと揺れながら、辺りを照らし出した。

そこら中に散らばる骨、なにかに侵食されているのか鍾乳洞《しょうにゅうどう》のようにデコボコな岩壁、それにはっきり言って臭《くさ》い……。

腐乱した死体の臭《にお》いだろうか、おぞましい臭いがそこら中に充満していた。

一歩、二歩……。

ゆっくり、ゆっくり……と探るように歩みを進めていくと、その限りなく狭い視界の先に「なにか」が入ってきた。

地面に横たわるなにか……。

その周囲に、はっきりは見えなくとも、おぞましいものがたかっているなにか、腐敗し腐臭を放っているなにか……。

こちらに気づき、大きく目を見開いたなにか……。

かつて愛した妻の形をしたなにか。


そう、それは腐乱し、ウジにたかられたイザナミの姿だった。

しかも、その身体からは、頭には大きな雷、胸には火の雷、腹には黒い雷、陰部には裂けた雷、左手には若い雷、右手には土の雷、左足には鳴いている雷、右足には伏せた雷と、八柱もの雷神が出現していた。


目を見開いたままの、かつて愛したそのなにかが恐ろしい形相《ぎょうそう》で口を開いた。

「イザ……ナ……ギ……？」

……………。

……………。

……………。

「……見たな」

かつてあれほどまでに愛した妻、再びの生活を求めて黄泉の国にまで追い求めてきた妻、手を取り、抱きしめ、口づけを交わした、大好きだった妻、イザナミ。

変わり果ててしまったとはいえ、これがイザナミであることに変わりはない。たとえ黄泉の国の住人であろうとも、腐乱していようとも、ウジがたかっていようとも、大量の雷神を従えていようとも……。

そう思ったイザナギは、イザナミにゆっくりと近寄り、優しい微笑みでイザナミの手を取り、抱きしめ……ずに、逃げた。物凄い勢いで逃げた。

「うわわわわわわ!!　やばいやばい!!　あいつやばい!!　マジでやばい!!」

なんということでしょう。あの成長したはずのイザナギはどこへ行ったのやら。もしくは、あまりの悲しみと不安と恐怖の波状攻撃はそのものの本性をあぶりだしてしまうのかもしれない。すっかり未熟な頃に戻ってしまったイザナギは、あれだけ愛し、あれだけ再会を望んでいたはずのイザナミに背を向けて、洞窟の出口目がけて一目散に全速力で駆け去ってしまった。

去っていくイザナギの足音だけが響く中、一瞬の静寂の時が広がった。

すぐ後に、変わり果てた姿のイザナミの心に広がったのは「恥」の思いだった。

古来日本人というのは「恥」を最も忌み嫌う民族と言われてきた。

その「恥」をイザナギは、イザナミにかかせてしまった。

しかも、女性にとって見た目の醜悪化という、最も見られたくない部分で。

「待て、ごるぁぁぁぁぁぁ!!」

「恥」の次に、イザナミの心に広がったのは「怒り」だった。ただただ「怒り」だった。

勝手に来て、勝手に再会を望んで、「待て」と言っても待たず、「見るな」と言っても見られて、挙句の果てにはドン引きされて、猛ダッシュで逃亡である。

この世に神などいるものか。

いや、これが神である。

「行け！　黄泉醜女《よもつしこめ》!!」

イザナミのその言葉に呼応するように、シャッ!!　という音が響き、同じく黄泉の国の住人である醜悪な姿をした複数の女たちが、地面から、壁から、天井から現れ、まるで蜘蛛《くも》のように、四つん這いで這うようにしながら猛スピードでイザナギを追った。

そのスピードはあまりに速く、カサカサカサカサ！！！　という音とともに、見る見るうちにイザナギの姿を捉えようとした。

「うわー！　キモいキモいキモいキモいキモいキモいキモいキモい!!」

これぞ自業自得。

しかし、このままでは追いつかれて、自分自身も黄泉の国の住人にされてしまう。

そう焦ったイザナギはなにか方策がないか、ブンブンうなるぐらいに頭を回転させた。

「そうだ！！！」

イザナギはそう声をあげると、咄嗟《とっさ》に自分の頭に付けていた髪飾りを黄泉醜女たちの中心に向かって投げつけた。

その髪飾りは黒御鬘《くろみかずら》というつる草を束ねてつくったもので、地面に落ちるやいなや何本ものつるを勢いよく成長させ、プルプルプルプルプル‼　と、そのつるにたくさんの野ぶどうの実をつけた。

黄泉醜女たちは見たこともない植物とその変化に気を取られて追うのを止め、同時にその美味そうになっているぶどうの実に喰らいついた。

「よし！」

これで逃げ切れると、イザナギは思った……。

イザナギがそう思ったのも束《つか》の間、底の見えない穴に放り込むように、ぶどうは物凄い勢いであっという間に食べ尽くされた。

そして、すぐさま再び黄泉醜女たちはイザナギを追ってきた。

「うぎゃぁぁぁぁぁぁぁあ！！！！　やばいやばい‼　なんかない⁉　なんかない⁉　……あ‼」

次にイザナギは神殿の中に入る際に、その歯を折って火を灯した魔除けの櫛を、髪からむしり取りそのまま投げつけた。

すると、その櫛は地面に落ちると同時に急速に根を張り、ポコポコポコポコッという音とともに筍《たけのこ》と化した。

あまり知恵のない黄泉醜女たちは再び筍に気が向いて、一心不乱にそれをむさぼり始めた。

「チッ！　使い物にならんっ!!」

黄泉醜女たちのだらしなさにイザナミは見切りをつけ、次は自身の身体から生まれた八柱の雷神に加えて、どこに隠れていたのか、地中から、壁の中から、闇の中から、続々と現れた一五〇〇もの黄泉の住人の軍勢に、イザナギを追うように命じた。

「ぎぃやぁぁぁぁぁぁあ！！！！」

自業自得とはいえ、さすがにイザナギが気の毒になってくる……。

最早地獄絵図。いや、ここが地獄のようなものである。

あまりの軍勢と恐怖に、イザナギは半狂乱になりながら、息子ヒノカグツチを斬った名剣天之尾羽張を後ろ手に振りながら必死に逃げた。

後ろ手になにかをするという行為は古来日本の呪術の一つであり、敵を呪い、その対象に不幸を呼ぶ効果があるという。

「数がっ……！　多すぎるっ……!!」

呪術によっていくらか勢いが衰えたとはいえ、それでもあまりの軍勢に追いつかれるのも時間の問題かと思われた。

「はぁっ……はぁっ……！　もう少しなのにっ……!!」

全力で走るイザナギの目に、洞窟の出口である黄泉比良坂に向かう最後の登り坂が見えてきた。

「んっ……!?」

同時にその視界の先に、うっすらと光り輝く実がいくつもなった木が立っているのが見えた。それを見た瞬間、イザナギは直感的に悟った。

「これだっ!!」

そう言うと、イザナギはその実を三つもぎ取り軍勢に向かって投げつけた。

すると、これが効果抜群。黄泉の軍勢は蜘蛛の子を散らすように逃げていった。

この実は桃の実であり、桃には古来邪気を祓《はら》う効果があると言われている。

イザナギはこの桃の実に、「自分を助けたように、この国に住むたくさんの人を救ってほしい」という思いを込めて、オホカムヅミという名前を付けて、神としての使命を与えた。

走りながら（笑）。


「どいつもこいつも!!　どきなさいっ!!」

安心するのはまだ早く、散り散りになった黄泉の軍勢を押しのけて、最後の刺客としてイザナミ自身が空を舞いながら、物凄い勢いでイザナギに迫ってきた。

「許さない!!　絶対に許さないっ!!」

「うぎゃぁぁぁぁぁぁぁぁぁあ!!」

必死に追われながらも、なんとか黄泉比良坂の出口にたどり着くことができたイザナギ。

しかし、あの形相のイザナミに捕まってしまうと、また再び黄泉の国に引きずり戻されてしまう。

そう考えたイザナギは黄泉比良坂を囲んでいたたくさんの岩の中から、「千引《ちび》きの石」という千人がかりでも動かせないような巨大な岩を火事場のバカ力でなんとか動かし、そのまま黄泉比良坂の出入り口を塞いでしまった。

ゴンッ!!

鈍い音が響き、イザナミがその岩にぶつかったことがわかった。

両手で岩を押さえる背中越しに、ガリ……ガリ……と爪を掻き立て、すすり泣く声とともにイザナミの怨嗟《えんさ》の声が聴こえてくる。

かたや自然の恵みあふれる、美しき豊潤な大地に立つものと、かたやおぞましく、底冷えのする暗闇だけが永遠に広がる死者の国を出られぬことになってしまったもの。

かつて、愛し合ったもの同士がどうしてこんなことになってしまったのか。

「イザナギ……ひどいよ……どうしてこんな……」

「ごめん、ごめんよ……イザナミ……」

「……許さない……絶対に許さない……一生許さない……」

「ごめんよ……ごめんよ……」

「絶対に許さない……から、あなたの一番大切なものを、一生奪い続けてあげる……」

「……え？」

「あなたのしたことの復讐に、私はあなたの国の人たちを、毎日一〇〇〇人絞め殺します……」

「そんな……」

「全部……あなたが悪いのよ……」

「愛しい妻よ!!」

突如として、イザナギは威勢よく声を張り上げ、かつては愛した妻の、関係のない人間たちを巻き込むという理不尽な行為を必死に宥《なだ》め、止めにかか……らなかった。

「では、君がそうするというのなら、僕は毎日一五〇〇人の人々が生まれるようにするまでさ!!（ドヤァッ!!）」

……。……。…………。

こうして全人類の運命を巻き込むことになった、史上初にして最大の夫婦喧嘩は幕を下ろした……。

なんと迷惑な……。

伝説の三貴神の誕生

亡者に追われながらも、命からがら黄泉の国から帰ることのできたイザナギ。

しかし、そこで見た光景、実際にあった出来事、その一つひとつを思い返すほど、今の自分の身体も穢《けが》れてしまっているように感じて仕方がなかった。

そのまま彼はその穢れを落とすために、出雲国から筑紫国《つくしのくに》（現在の宮崎県）の「日向《ひむか》の橘《たちばな》の小門《をど》の阿波岐原《あはきはら》」という清らかな河の水が流れる場所に向かい、そこで水浴をし、「禊《みそぎ》」を行った。

「禊」とは「身を削《そ》ぐ」が語源となっており、身に付いた穢れを祓う行為とされている。

この時、驚くべき出来事が起こった。

水浴を行うために、イザナギが脱ぎ捨てた衣類や装飾品から次々と神々が誕生したのだ。

いつの時代も修羅場を経験すると人も神々も成長するのは同じなのであろう。

「よみがえる」という言葉は「黄泉（から）帰る」が語源とも言われている。

イザナギは黄泉の国での、思い出すだけで身の毛もよだつほどの経験を乗り越え、窮地からの復活を果たしたことで皮肉にも大きな成長を遂げていた。

投げ捨てた杖から現れた魔除けの神を始め、投げ捨てた帯、袋、衣、はかま、冠、左右の腕飾りからも次から次へと神々が生まれ、そうして裸になったイザナギは水の中に入った。

「上流は流れが速すぎるし、下流では遅すぎるな……」

そう言って、流れのほどよい河の中流でもぐるようにして身の穢れを洗い清めていくと、黄泉の国でついた垢《あか》から二柱の禍《わざわい》の神が生まれ、逆にその禍を清める神々も生まれた。さらに深みにもぐるとソコツワタツミを始めとする、海や航海の神々たちが一気に姿を現した。

こうしてイザナギの身体についた穢れは一掃された。


ゆっくりと水面から顔を出したイザナギは、最後に目と鼻を清めようと両手で清水をすくい、その顔を洗い清めた。

左の目を洗うと神々《こうごう》しい光とともに太陽の女神アマテラスオオミカミが。右の目を洗うと辺り一面を暗闇と静寂に包みながら月の神ツクヨミノミコトが。鼻を洗うと猛々《たけだけ》しい嵐のような風とともに大海原《おおうなばら》の神スサノオノミコトが。

この明らかに今まで生んできた、どの神々よりも光り輝き、生命力と活力に溢れた三柱の神々の誕生をイザナギは心から喜び、その生まれたばかりの姿を眺めながら、小さく呟いた。

「これまでたくさんの子となる神々を生んできたが、最後の最後で最も貴い神々を生むことができた。これ以上の幸せはない」

その身体いっぱいに生命力を溢れさせた三柱の神々を前に、強い幸福感と喜びがイザナギの心を満たした。

しかし、同時に取り去り切れなかった少しの痛みが、その心の端を鋭く刺した。三貴神の中の唯一の女神アマテラスの弾《はじ》けんばかりのその笑顔が、ふいにかつてのイザナミのそれと重なった。

「イザナミ……」

今も終わることのない闇の中に、その身を堕とした、かつて愛した妻。ともにこれまでこの地上に生んできた合計八十一柱の神々と、つくり上げてきた国を思い、その時の苦労、手を取り合って喜んだ時のこと、嘆きと悲しみの底に沈んだ死と永遠の別れ、もう戻ってくることのないかつての幸せな日々。その一つひとつの記憶が涙となって、三貴神を見上げたイザナギの頬を濡らした。

「幸せ……だったなぁ……」

そう呟くとイザナギは、泣いた。

空を見上げ、何度も、何度も、涙枯れるまで泣き続けた。

そしてあてもなく、歩き出した。

ズ…
ズズズ…
ゴゴゴ
ゴゴゴ
ゴォ
ゾロロ

パシャ
パシャ
パシャ…
パァッ
パァアアアア アアアア

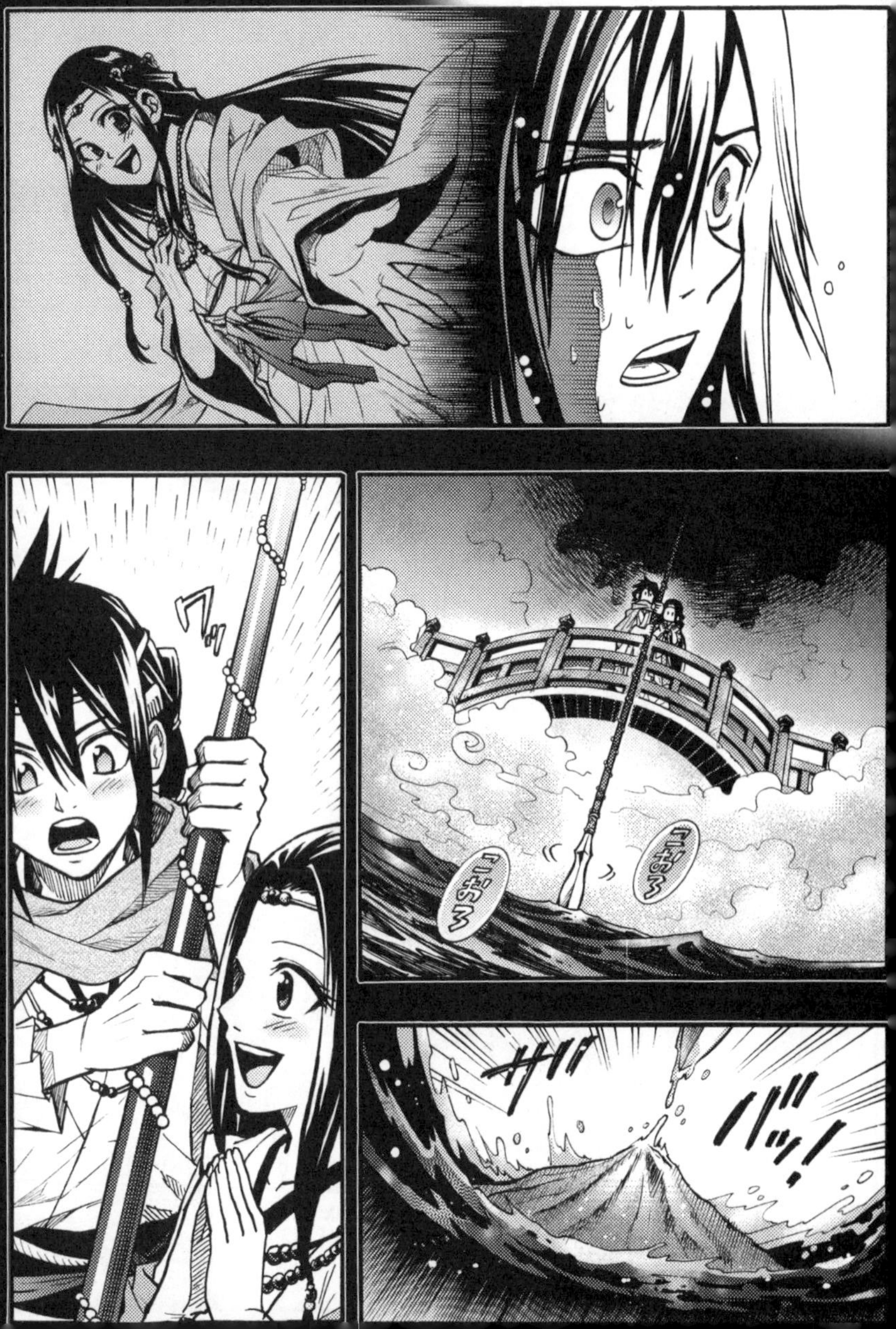

ワッ
ごぽん
ごぽん
ザ
バッ!

ギュ…

第一章　「イザナギとイザナミの国産み」　了

第一章　アマテラスと天の石屋戸開き

アマテラス、ツクヨミ、スサノオ、という高貴な三柱の神々を生んだイザナギ。

アマテラスには天上界 高天原を、ツクヨミには夜の世界を、スサノオには大海原を治めるよう伝え、自身は一線を退くことを決意した。

しかし……。

イザナギは小高い丘に立ち、やるせない思いに駆られていた。

アマテラスに任せた高天原はそれなりに上手くいっている。ツクヨミの夜の世界も滞りない。

ただ……、スサノオに任せたはずの大海原だけは荒れに荒れ、地響きすらも鳴り響き、荒れた世界には無限の災厄が世界中に溢れ始めていた。

「なにをしているんだ、あいつは……！」

いら立ったイザナギはスサノオのもとに赴き、説教にかかろうとした。

しかし……、その姿を見て驚いた。


スサノオはなんと立派な大人の体格になって、ヒゲや髪すらもボーボーに伸びきった状態にもかかわらず、ただ海に向かって、赤ん坊のように大声で泣き喚き続けていた。

「うぁぁぁぁぁぁあ！！！！　うぉぉぉぉあああああ！！！！」

そこはやはり大海原を治める神。

彼の喚き声に木々は枯れ、雷は鳴り響き、大津波が発生し、正しく世は再び混沌の世界に陥ろうとしていた。

「お前はなにをしている！！！！」

見かねたイザナギは、泣き喚くスサノオの首根っこをひっつかみ、問い質《ただ》した。

「ち、ちっ、父上っっっ！！！！」

スサノオは父の姿を見るなり、泣き喚くのを止めた。

しかしイザナギから見たその顔は、余りにも幼稚で、情けなく、大海原を任せるに足る「男」の顔ではなかった……。

「父上じゃない!!　お前はなにをしているんだ!!」

「なにをって……」

「俺はお前にこの大海原を、生命力に溢れて安定した、平和な場所にしろ、と言ったはずだ!!　なんだ!!　この有様は！！！！」

「だ、だって……」

「なにがだって、だ!!」

あぐらをかいた状態で頭を下げて、ただただむせび泣くスサノオ。

しばらくその状態が続いたが、ようやく絞り出すように出した言葉が、また情けなかった。

「根《ね》の堅洲国《かたすくに》（黄泉の国）にいる母上に会いたい……」

「母上……って……お前……」

意外な言葉だった。

イザナギの脳裏によみがえるのは、かつての美しい天真爛漫《てんしんらんまん》なイザナミの姿。

しかし、同時に黄泉の国で見た醜悪な姿と不気味なあの国の光景。

ゾッと背筋に寒気が走る。スサノオは黄泉の国を知らないとはいえ、冗談じゃない。

「スサノオ、それは無理な話だ!!」

「どうして？」

「ダメなものはダメだ!!」

「うっ……うっ……」

「いやだ!!　いやだ!!　あぁぁぁぁぁぁぁぁぁぁぁあ！！！！」

「うるさい！！！！」

「!?　!?　!?　!?」

「そんなに大海原を治めるのが嫌だというのなら出ていけ!!　どこにでも行けばいい!!　もう追放だ!!　お前なんか知らん!!」

イザナギはそう言うと、本当にそれっきり、スサノオから背を向けて歩き去ってしまった。

そして本当に隠居してしまい、それ以来二度と表舞台に出てくることはなかった……。

アマテラスとスサノオ

父イザナギに烈火のごとく怒鳴り散らされ、突き放されたスサノオ。

しかし、母に会いたいという思いは募るばかり……。

「母上、母上……」

いつの時代も男の子が母を愛する気持ちは同じなのだろう。

しかも、スサノオは生まれてこの方、母の愛情を受けることがなかったのである。そう考えると、このようなワガママも致し方なく思えてくるかもしれない。


しかし、この方、一応神である。

しかも、ヒゲ面のおっさんである。

ちなみに、重箱の隅をつつくようで悪いが、スサノオはイザナギが鼻を洗った時に生まれた神であり、厳密に言うとイザナミの息子ではない。

父にも見放されたスサノオの心はさらに荒れに荒れた。そこに合わせての追放処分である。

しかし、父に突き放された以上、もうこの地上界に自分の居場所はない………。

「もう死んでしまおうか………。それともどこか遠くへ行ってしまおうか……。そうすると、母上にも会えるかもしれない……」

そう考えた、スサノオ。

「でも、その前に……」

脳裏に浮かぶのは優しい姉アマテラスの顔。

「そうだ。死ぬにせよ、どこかに行くにせよ、姉さんには、一言挨拶だけしておきたい」

そう考えたスサノオは、高天原に住むアマテラスのもとに向かって歩き始めた。

ドォン！　ドォン!!　ドォォン！！！

高天原に向かうスサノオ。

一歩、一歩足を踏みしめるたびに大地は揺れ、木々は薙《な》ぎ倒され、空には雷鳴が走った。

なんといっても大海原の神である。やろうと思えば、大地を引っくり返すぐらいのことはできるのである。

スサノオと違い、真面目に天上界 高天原を治める使命を果たしていた、アマテラス。

地上界と違い、高天原には温かく、平和な空気が広がっていた。

神々はみんな真面目に働き、それぞれがそれぞれの役割の中で支え合い、全員が笑顔で明るく、正しく生命力に溢れた世界が広がっていた。

そんな中だった。

ドォン！！！！

その地響きは、高天原にいる神々のもとにも届き、当然のごとく高天原は騒然となった。

「スサノオさまが高天原を奪いに来た!!」

悪い噂《うわさ》が神々の間で一瞬にして広まり、それはアマテラスの耳にもすぐに入った。

なんといってもこのスサノオという男、散々ワガママを言って父に追放されたばかりである。

はっきり言おう。「信頼ゼロ」である。神さまなのに。


緊急事態。

穏やかなアマテラスの心に一瞬にして緊張が走る。

いつも笑顔の、あの太陽の女神が表情を厳しくして、高天原全域に指示を出した。

「戦闘態勢を!!」

そう言うと、アマテラス自身も急いで男のように髪を結い、手や髪に勾玉《まがたま》を巻き、背中には一〇〇〇本もの矢を背負い、「完全武装モード」でスサノオを待った。

ドォォォォォン!!

さらなる轟音《ごうおん》とともに、スサノオの姿はもうすぐそこまで迫っていた。

久しぶりに優しい姉に会えると思っていたスサノオ。

しかし、入り口で待ち構えていたアマテラスの姿を見て驚いた。

「ちょっと待てよ、姉さん!! なんだその恰好は!! 完全武装じゃねぇか!!」

ただ地上界に別れを告げるために、姉に挨拶をしようと思ってきただけなのに……。

その姉は、目を吊り上げた完全臨戦態勢の仁王立ちで待ち構えていた……。

「どうして……?」

まぁ、自業自得である。

「スサノオ!! 父上から与えられた役割を全うせず、地上界にも人々にも迷惑をかけ続けていることと、私の耳にもしっかりと入っています! その上、貴方は高天原まで一体なにをしに来たのか!!」

「ちがっ!! 俺にだって事情が……!!」

「問答無用!! 貴方に高天原は渡さない!!」

そう言うと、アマテラスは弓矢を引き絞り、スサノオの胸元にしっかりと照準を合わせた。

「ちょちょちょっ!! マジで!! マジでマジで!! 姉さん、本当に違うんだ!! そんなつもりはない!! 本当にない!! 信じてくれ!!!!」

「どう信じろと!?」

「誓約《うけい》だ!!　誓約をすれば、俺の心のうちがわかるだろ!!」

誓約とは、五分と五分の確率で賭け事を行い、どちらの結果が出るかで物事の行く末を判断した古来伝わる占いの一種だ。

現在でもなにか物事を進めるべきか、進めないべきか悩んだときに、「次すれ違った人が女性だったら、決断する。男ならやめておく」といったようなことを誰もが一度はやったことがあると思う。

そういったことは、この誓約の名残りである。

「誓約って、貴方……まぁいいでしょう、それで貴方の潔白が証明されるなら……。引き受けましょう!!　貴方の腰の剣を渡しなさい!!」

「よし、来た!!」

そう言うと、スサノオはアマテラスに向かって剣を放り投げた。

それを受け取ったアマテラスは鞘《さや》から剣を抜き、口を清めてからなんと大胆にもその剣をバリボリとかみ砕いた。


女神、マジか。

アマテラスが口に含んだスサノオの剣をフーっと霧のように吹き出すと、なんとそこにはタキリビメ、イチキシマヒメ、タキツヒメの三柱の女神（宗像三女神《むなかたさんじょしん》）が誕生した。

「やるじゃねぇか姉さん!!」

スサノオは勢いよくそう言うと、次にアマテラスの勾玉を受け取り、同じように口を清め、バリボリとかみ砕いた。

そのまま、勢い良くフッ!!　と息を吹き出すと、そこには現在の皇室のご先祖となられるアメノオシホミミ、その他にもアメノホヒ、アマツヒコネ、イクツヒコネ、クマノクスビの五柱の男神が誕生した。


その光景を見て、スサノオは得意満面に叫んだ。

「ハーッハッハッ!!　どうだ！　姉さん!!　俺の勝ちだ!!」

……サッパリわからないスサノオの勝ち名乗り。

「悪いな、姉さん！　俺の勝ちだ!!」

「ちょっとなにを言ってるの　意味がわからない!!」

そう。はっきり言って意味がわからない。

「姉さんが生んだ女神は、俺の持ち物の剣から生まれたわけだ」

「ええ、そうよ」

「俺の心が清く、正しいからこそ、俺の持ち物から心の清い、玉のような女の子が生まれたってことだ！　意味わかる？　だから、俺は潔白だ！」

ハッキリ言おう。この理屈……、全く意味がわからない。

だが、これも神々の物語の真実である。

「え～……、まぁ……、そうなの……かなぁ……」

この謎の主張にアマテラスは渋々なのか、なんなのか、スサノオの主張をそのまま受け入れてしまった。


そもそも、誓約というのは事前に勝敗のルールを決めておかなければいけない。それにもかかわらず、それをしていなかった。要するに、スサノオがどうとでも言える状況にしてしまった。

そこにアマテラスの敗因はあった。

「そうだそうだ!!　だから姉さんよ!!　疑ったことも帳消しにしてやるから、しばらく高天原に棲《す》まわせてくれよ……な!?」

「……まぁ……、いいでしょう……」

いつの時代も、人間も神々も、やはり末っ子には甘いのか……。

しかし……、このアマテラスの甘さが悲劇の始まりだった……。

スサノオの傷害致死事件

スサノオが、高天原に移ってから数日後……。

「アマテラス様！　大変です!!」

「なに!?　どうしたの!?」

「スサノオ様が……」

「はぁ……また……？　今度はなにを……？」

「スサノオ様が、アマテラス様が新米を召し上がる、神聖な神殿のそこかしこに大便を！！！」

……神さま、あんたマジか。

「神さま」ということで勝手に神聖なだけのイメージを持ってはいけない。これが神である。

高天原に棲み付いてたったの数日でこれである。しかも、スサノオの暴走はこれだけに留《とど》まっていなかった。

高天原の神々全員が、一生懸命農作業を行っている田んぼの畔《あぜ》を破壊し、水路を埋め……、挙句の果てにはこの大便である。

彼……、はっきり言って最低である……。

しかし、姉であるアマテラスはどこまでも優しかった。

壊した田んぼや埋めてしまった水路に関しては、スサノオが土地が惜しいとして、気を利かせたのではないかと。大便に関しては、きっとお酒に酔っての過ちだろうと。なんとも無理なかばい立てをしてしまう。


古来日本には「詔《の》り直し」という、言霊による呪術がある。

言葉には強い霊的な力が宿っており、発した言葉がその通り現実になると考えられている。所謂「言霊《ことだま》」。

その言霊を使った呪術。それが「詔り直し」。

ここでアマテラスはその「詔り直し」の力を使って、スサノオの悪事を善行にそっくり置き換えてしまった。

それによって周囲は「まぁ、アマテラス様がそう言うなら……」と納得したものの、このアマテラスの甘さが、史上最悪の事件を引き起こしてしまう。

スサノオによる傷害致死事件である。

「きゃぁぁぁぁぁぁぁぁぁあ！！！！！」

アマテラスは天上界のさらに上の世界に住む、アメノミナカヌシを始めとする、別天《ことあま》つ神《かみ》たちに祈りを捧げていた。

そんな時に鼓膜を切り裂くような悲鳴が聴こえてきた。

「どうしたの!?」

あまりの鬼気迫る叫び声に、只事ではないことが起こってしまったことがすぐに理解できた。

「アマテラス様!!　アマテラス様!!」

駆け寄ってくる神々の顔は色を失っていた。

「どうしたの……？　なにが……なにがあったの……？」

「高貴な神々がお召しになる衣を織っていた、機織小屋《はたおりごや》で……事故が……」

「なに!?　なにがあったの!!」

尋常ではない凶事の予感に、いつも穏やかなアマテラスもつい金切り声が出てしまう。

「突然、天井から皮が剥ぎ取られた馬が投げ落とされてきて……。機織女《はたおりひめ》が、はずみで機を織るための先の尖った梭《ひ》で下腹部を刺してしまい、亡くなりました……」

「そんな……そ、そんな……。誰!?　誰が、誰が一体そんなことを!?」

神々は言いにくそうに顔を見合わせ、下を向いた。

「なに!?　誰がやったの!!　言いなさい!!　早く!!」

神々は再び目を合わせ、言いにくそうにゆっくりと言葉を発した。

「……スサノオ様……です……」

闇に堕ちたアマテラス

悪ふざけが過ぎたスサノオの手によって、いよいよ女神を死なせてしまうという最悪の事態が起きてしまった。

「自分が甘やかしてしまったが故に……」

アマテラスの後悔の念は留まることがなかった……。

「もうかばい切れない……私には……。もう……なにも考えられない……」

父イザナギの言葉が思い出される。

「アマテラス、お前は高天原を治めなさい。お前ならきっと大丈夫」

すべてがスサノオのせいだと言えるはずもない……。父の期待すらも裏切ってしまった……。

私がスサノオを助長させたばかりに……。甘やかしてしまったばかりに……。いや……、現実に目を向けることを恐れて、逃げてしまったばかりに……。

自責の念だけが脳裏を巡る。

これまで一生懸命頑張ってきたつもりだった……。ただ、みんなの幸せを願って生きてきたつもりだった……。

でも、今この現実を目の前にして、これが自分がやってきた、積み重ねの結果なのか、と初めて自分自身を疑ってしまった。

「もう……私には……高天原を治める資格がない……」

そう呟くと、アマテラスは失意の底に沈み、高天原から姿を消してしまった。

向かった先は「天《あめ》の石屋戸《いわやど》」と呼ばれる、まるで黄泉の国の入り口「黄泉比良坂」を思わせるような、暗く、深い洞窟の中だった。

ズズン……。

沈んでいく心とともに、洞窟に入ってしまった太陽神アマテラス。そのまま巨大な岩で入り口を塞ぎ、結界を張った。


そして、この世から光が消えた……。

光が消えた世界には、悪神たちの声が、まとわりつくハエのように満ち溢れ、疫病神が世界中に災いを巻き起こしていた。

高天原、そして地上界が、一瞬にして「不幸」という闇に覆われていた。

アマテラスを失った神々たちは困り果てた。

「どうしたものか……」

それぞれがそれぞれに役割を持った神々とはいえ、リーダーを失った代償はあまりに大きい。

このままでは、せっかく繁栄してきた高天原も、地上界も崩壊の一途を辿《たど》ってしまう。スサノオのせいで（小声）。

崩壊。それだけは絶対に許してはならない。

そう思った神々は、「天《あめ》の安《やす》の河原《かわら》」という場所に集まり、緊急に会議を催した。

「スサノオを見せしめに捕まえろ！」

「いや！　そんなことをしてどうなる！」

「なんとかならないのか⁉」

「捧げ物は⁉」

「そんなものでは意味がない‼」

「一時的にでも代わりの神は⁉」

「アマテラス様の代わりなどいない‼」

「あぁ、もう！　どうしたらいいんだよ‼」

しかし、リーダー不在の状態はいつの時代も決断力に欠ける。

結果、妙案が出ることはなく、議論は堂々巡りになろうとしていた。


そんな時だった。

知恵の神として知られるオモイカネが、重々しく言葉を発した。

「私に任せてはもらえないだろうか？」

「なにか良い案があるのか？」

「失敗は許されないぞ」

「わかっている。ただ、若干賭けになるかもしれないが……」

「なんだ？　なにを考えている？」

もったいぶるオモイカネに神々が焦《じ》れて問い詰める。

オモイカネは重々しく口を開いた。

「祭りだよ」

「祭り？　それはなんだ？」

「私に任せてほしい。とりあえず今から言うものをすべて抜かりなく準備してほしい」

「？」

「大量のニワトリ。あと鏡、そして勾玉。この二つはつくらないといけないな。おい、イシコリ、タマノオヤ、お前たちに頼む」

「は、はい！」

イシコリとはイシコリドメ。鏡づくりの神さま。タマノオヤとはその名の通り、「玉の親」。勾玉をつくる神さまである。

「後は……一番重要なことを、アメノウズメ、お前にお願いしたい」

「え!?　私!?」

急に声をかけられた芸能の女神、アメノウズメ。そこには見目麗しい若き女神の姿があった。

その後もオモイカネはそれぞれの神々に役割を与えると、最後にアメノウズメを呼び出して、耳打ちをした。

オモイカネからの言葉を聞いて、アメノウズメは瞳を輝かせて声を上げた。

「まっかせてちょーうだい!!　私、そういうの得意!!」

なにが始まるのかわからない中、オモイカネの妙に自信ありげな様とアメノウズメの明るさが、心配に駆られている神々の心を落ち着かせてくれた。

「さぁ、行こう。ボヤボヤしている時間はない」

天の石屋戸開き

「祭り」の準備を終えた八百万《やおよろず》の神々は、アマテラスが閉じこもる「天の石屋戸」の前に立った。

大きな、大きなその岩からは、アマテラスの嘆きと悲しみが感じられた。

神々たちはその場でまず火を焚《た》いた。煌々《こうこう》と燃え上がる灼熱《しゃくねつ》の炎は、辺り一帯を照らし出した。

神々たちは全員で顔を見合わせるように一度うん、と頷くと、オモイカネが片手を大きく上げたのを合図に大量のニワトリたちを鳴かせ始めた。

コーケッコッコー!!

ニワトリを鳴かせることは、神々の時代の一種の呪術であり、太陽の出現を促すものだった。その大音量は洞窟の中にいるアマテラスの耳にも届いた。

同時に、神々は一斉に動き出した。

枝の先に多数の勾玉と鏡が取り付けられた榊《さかき》の木が左右に大きく振られた。

シャンシャンシャンシャンシャンシャンシャン……。

それはまるで振れば振るほど、古代のミラーボールであるかのように火の光を反射させる。そんな中、大宴会が始まった。

神々は笑い、酒を飲み、肩を組み、大いに笑い、笑いに笑った。

「ワーッハッハッハッハ!! 飲めや唄えや騒げや!!」

その盛り上がりのまま、今回の主役であるアメノウズメが、逆さまにした桶《おけ》を舞台に、輪の中心で軽やかに、そして妖艶に神楽《かぐら》を舞った。

その軽快な足音は見ている神々をさらに陽気にし、笑い声はどんどん大きくなっていった。

アメノウズメのテンションもどんどん上がり、やがて乳房を露《あら》わにし、服の紐を陰部のところまで押し下げた。

こうなるといつの時代も盛り上がるのは男である。もうボルテージはマックス。

「うぉぉぉぉぉぉお!!」

歓声と共に、盛り上がりは最高潮に達していた。このドエロどもが（失言）。

「はて？」

疑問に思ったのはアマテラスだった。思わず、口をついて出た。

「私がいなくなり、光がなくなって困っているはずなのに、どうしてみんなこんなに楽しそうにしているの？」

……わかってるんやったら、はよ出てこんかい（また失言）。

そのアマテラスの言葉に対して、アメノウズメが答える。

「貴女様《あなた》よりも、尊い神がいらっしゃったのです！　この世に光も戻り、もう楽しくて、嬉《うれ》しくて、みんなで喜び、舞っているのです！」

そう言われると、居ても立っても居られなくなるのが、人間の性《さが》（神さまだけど）。

自分の代わりの存在というのが気になったアマテラスは、大岩を動かして、その隙間からソッと外を覗き込んだ。

「私よりも尊い神……」

「自分の代わりができた」と言われれば、誰でも気分は良くないものだろう。

少しの嫉妬と寂しさを胸に、アマテラスは大岩の隙間から顔を覗かせようとした。

その時だった。

岩の外側に待機していたオモイカネが目配せをした。

同時にフトダマとアメノコヤネ。この二柱の神は祭祀《さいし》を司る神である。

二柱の神が榊に取り付けた鏡をアマテラスの前に差し出した。

アマテラスは目の前に鏡があることも知らず、「自分以上に尊い」と言われた神の顔を覗き見た。

それは自分と同じ顔だった。

「一体どういうこと？」

そう思い、もう一度確認しようと思って、鏡にグイッと顔を近づけた……。

その時だった。大岩の影にアメノタヂカラオという怪力神が隠れていた。

ガッ!!

アメノタヂカラオはアマテラスの腕を掴《つか》み、洞窟の外にアマテラスを引きずり出した。

「ふんがぁぁぁぁぁぁぁぁぁあ!!」

アマテラスを引きずり出すと、アメノタヂカラオは、そのまま洞窟を閉ざしていた大岩を天高く放り投げた（マジか）。

次にフトダマが、しめ縄を持ってそのまま洞窟の入り口に素早く結界を張った。

それによって二度とアマテラスが、そこに立ち入ることはできなくなり、そして、世界に光が取り戻された。


これが今この現代にも伝わる、有名な「アマテラスの天の石屋戸隠れ」という物語である。


これで世界は救われた。

しかし、問題はまだ残っていた。

そう。あの男をどうするか、である。

第三章　スサノオのヤマタノオロチ退治

「永久追放の刑とする!!」

横暴に横暴を重ね、やがて殺人ならぬ殺神まで犯し、その結果としてアマテラスが引きこもり、この世から光を消してしまった張本人。

そう、このスサノオという男。

八百万の神々の会議の結果、スサノオに与えられた罰は、大量の貢ぎ物を差し出すこと。それに加えて、その罪と穢れを祓うために髪を短く刈り、ヒゲを剃《そ》り、そしてなんと手足の爪をすべて引き抜いて、高天原追放という、なかなか厳しい処分が科された。

高天原を追放され、地上界に降ろされたスサノオ。

さすがにもう反省して悪事を重ねることはないだろうと思われていた。

その矢先だった。

この男は二度目となる傷害致死事件を引き起こす。


「腹……減ったなぁ……」

スサノオは呟いた。

高天原から地上までの道のりは遠く、そういえば長らくなにも食べていない。

「高天原の飯……美味かったなぁ……」

思い出すのは天上界で出されたご馳走《ちそう》の数々。しかも周りでは、アマテラスの弟ということで、美しい女神が給仕《きゅうじ》をしてくれる。

「あの時は幸せだったなぁ……」

もう戻れるはずもない過去に思いを馳せ、しかもその原因が100%自分にあることをわかっているのかいないのか、スサノオは呆《ほう》けた顔で、トボトボと歩いていた。

「腹減った……腹減った……腹減ったぁぁぁぁぁぁ!!」

追放処分を受けたというものの、それだけでは、元々持っている粗野な性格は変わらない。スサノオは苛立《いらだ》ちを隠せず、そこかしこに石を投げ、木を折り、あちこちを破壊し、八つ当たりを始めた。

しかし、そんなことをしても余計に腹は減るばかり。しばらくして、気持ちが落ち着くと余計に寂しさが増してきた。

「ん?」

その時だった。

「良い匂い!!!!」

突然、スサノオの鼻いっぱいに、美味しそうな匂いが充満した。

その匂いのもとを辿っていくと、そこには一軒の民家があった。

「たのもぉぉぉぉぉぉぉ!!」

堕ちても、大海原の神。その大声は家屋全体を揺らすほどの声量だった。

「はいは〜〜〜い？　どちらさまですか〜？」

そう言って奥から出てきたのは、割烹着を着た女神。

スサノオの大声にまったく動じることのない様子と、少しふっくらとした見た目から、明らかに性格の良さそうな食物の女神。

名を、オホゲツヒメ。


この女神が、次のスサノオの被害者となる。

スサノオ、二度目の傷害致死事件

軒先でにこやかに迎えるオホゲツヒメに、スサノオが言う。

「我はアマテラスが弟、スサノオ!!　腹が減ってたまらないので、飯を乞う!!」

「はぁ……」

頼んでいるくせに、なんとも偉そうな態度のスサノオ。その不遜な態度に一瞬、ポカァンとしたオホゲツヒメだった。

しかし、すぐに満面の笑顔になり、スサノオに言った。

「どうぞ、どうぞ～。ご遠慮なく～。すぐに用意しますね～。どうぞお上がりください～」

「む、ん？　あ、あぁ……」

オホゲツヒメに導かれるまま、むしろ逆に呆気《あっけ》にとられたスサノオは、食卓に座った。

するとオホゲツヒメは、「少しだけお待ちくださいね～」の言葉を残して厨房《ちゅうぼう》に向かい、調理を始めた。


するとあっという間に、先ほどの美味しそうな匂いが、部屋全体に充満してきた。

「おほっ！　旨そうな匂い～！　なにをつくってるんだろうか？　早く見たい。見たい見たい見たい見たい見たい！！！！」

もう空腹が限界にまで達していたスサノオは、待ち切れずに厨房を覗きに行ってしまった。

そして、「また」悲劇が始まった。

スサノオが厨房を覗くと、そこには……？

「おぇぇぇぇぇぇぇぇ！！！！！！！」

「ぶりぶりぶりぶりぶりぃぃぃぃぃぃ！！！！」

「びちゃびちゃびちゃびちゃびちゃ！！！！！」

なんと！　オホゲツヒメは、自分の体内から食べ物を生み出していた!!

鼻の穴。尻。口。もう色んなところから出るわ、出るわ、食べ物が。

しかもお約束の効果音付きで。


ちょうど、スサノオはその瞬間に出くわしてしまった。

「おぇぇぇぇぇぇぇぇぇ！！！！」

あまりの衝撃の光景に、スサノオもつられる。

「おぇぇぇぇぇぇぇぇぇぇぇ！！！！」

もらい〇ロをしてしまったスサノオは、追放の身の自分に、わざと汚れた食べ物を出そうとしているといると勘違いしてしまった。

「なめとんかわれぇぇぇぇぇ！！！！」

途端に怒りが頂点に達し、同時に腰の剣に手をかけて……、斬っ!!

オホゲツヒメを殺してしまった……。

またやった……。誰もがそう思ったのではないだろうか……。

そう、またやった。スサノオという男。せっかくおもてなしをしてくれた、食の女神オホゲッヒメを、感情のままに惨殺してしまった。


なにも知らないスサノオだったが、食物を司る神であるオホゲツヒメの身体は指先から汗の一滴に至るまで、すべてが食物に変わるのだった。

それを知らずに、スサノオは汚いものを食べさせられると勘違いして、オホゲツヒメを殺してしまった。

現にそのままオホゲツヒメの死体は腐らなかった。頭は蚕《かいこ》に、両目は稲、両耳は粟《あわ》、鼻は小豆、陰部から麦、尻から大豆がなり、これが種となって「五穀《ごこく》」の起源となった。

排せつ物から料理をつくる神さまが死体となり、またその死体が五穀になる。

これは食物が実り、それを食べた動物の排せつ物が自然の栄養分となり、また食物をつくり、最後はその動物が死ぬ時に、その死体すらも大地に還《かえ》る。「食物や自然の循環」の象徴の話だと言われている。


しかし、問題はこの男。

また、殺人ならぬ殺神を犯してしまったスサノオ。

今回の事件は罰するべきの高天原の神々がいなかったこともあり、不問に付せられた。

再びスサノオは地上界に向かって大股で歩き始めた。

ノッシ、ノッシ、ノッシ、ノッシと肩を怒らせ、風を切り大股でスサノオが行く。

スサノオ、恋をする

スサノオは出雲国の肥河《ひのかわ》の上流に降り立った。

それにしても腹が減った。結局さっきはなにも食べることができなかった。しかし、地上界になんて、なんのあてもない。どうしたものか。

ふと考えた。

そう言えば元々、この地上界は自分が治めるべき場所だったのだ。

真面目にちゃんとしていれば、今頃、地上界の王になれていたかもしれないのに。

そう思って川沿いを歩いていた矢先、川の上流から一対の箸が流れてきた。

「箸?」

「(箸が流れてくるということは、この先に誰か住んでいる……?)」

そう思ったスサノオは、再び川に沿って、さらに上流に向かって歩いて行った。


すると、やはりその先には家があった。

「たのもー!」

いつものように、どでかい声とともに、傍若無人《ぼうじゃくぶじん》に入り込んでいく。

そこには、老夫婦と美しい娘がいた。

しかし、なぜだろう。全員がシクシク、シクシクと泣いていた。

スサノオの訪問にも気づいているのかいないのか、未だシクシク、メソメソ泣いていた。

「おい、お前たちは誰だ?」

老夫婦と娘は、スサノオの訪問に気づかないほど、正常でない精神状態だった。

不躾《ぶしつけ》なスサノオの問いかけによって、ようやく我を取り戻せた。

「あ、あ、客人の方、すみませぬ……」

「構わん。お前らは一体なんだ?」

「わ、私は国つ神アシナヅチ。妻はテナヅチ、そして娘はクシナダヒメと申します」

国つ神とは、天上界で生まれた神々を天つ神と呼ぶことに対して、地上界で生まれた神の表現のことを言う。

「ほう、お前らはなぜ泣いている？」

「それは……、私たち夫婦には八柱の娘がいたのですが、毎年この時期にヤマタノオロチという怪物が来ては、娘を一柱ずつ食べてしまうのです……」

「ヤマタノオロチだと？　なんだそれは？」

「葦原《あしはら》の中《なか》つ国《くに》を荒らし続ける伝説の怪物……。その眼は色づいたホオズキのように紅く、獰猛な龍のような八つの頭に、木々を山ごと薙ぎ倒す八つの尾、その巨大な身体は八つの谷にまたがるほど大きく、苔《こけ》や檜《ひのき》、杉の木までも生やした胴体には、いつもただれた血を滲ませた化け物のことでございます……」

「ほう……」

脳裏に浮かべただけで、とんでもない化け物である。

「もう、私どもの娘は、このクシナダヒメで最後です……。娘が全員いなくなれば、もう私たちには希望が……」

そう言うと、家族は抱き合い、オイオイと嗚咽《おえつ》を漏らして泣き始めた。その姿は、さすがのスサノオにも同情を誘うものであった。

しかし、それ以上にスサノオには気を取られることがあった。

娘が……美しい……。

スサノオは、家族に同情しながらも、同時に娘の美しさに惹《ひ》きつけられていた。

感情のままに動いてしまう彼は、泣き叫ぶ家族に向かって、平然と言い放った。

「おい。その娘を俺にくれないか？」

「は、はぁ!?」

父親は目を丸くして呆然《ぼうぜん》と答えた。

その反応に、さすがのスサノオもさすがに突拍子もないことを言い過ぎたかと思い、改めて言い直した。

「いや、その、あれだ。どうだ、俺がそのヤマタノオロチを倒したら、の話だ。もし俺がそのヤマタノオロチを退治したなら、この娘を俺の妻にくれないだろうか？」

「は、はぁ!?」

「え!?」

スサノオの突然のプロポーズに驚きを隠せないクシナダヒメは、突然のことに顔を真っ赤《まっか》にした。

それはそうである。命の危機から一転、結婚と言われても……。

驚く娘に反して、父親が冷静に言った。

「それは畏《おそ》れ多いことではあります。しかし、私たちは貴方様の名前も存じ上げません」

そりゃそうだ。そう思ったスサノオは、めずらしく居住まいを正して言った。

「我が名はスサノオノミコト。太陽神アマテラスオオミカミの弟である。たった今、高天原より降りしものだ」

「なんと!?」

天上界の神が、まさか自分の娘を嫁にもらいに来た!?

信じられないような話に、父アシナヅチは驚いた。

しかし、この際もう信じる、信じないではない。信じて託すしかない。

この太陽神アマテラスの弟という神に。

「それならば、なおさら畏れ多いことでございます。もしヤマタノオロチを退治して頂けるなら、喜んで娘を差し上げましょう」

まるでゲームのような展開。こんな面白い話が「古事記」である。

とにもかくにも、結婚の約束を取り付けたスサノオ。

しかし、その相手は八つの谷にまたがるほどの大きさを持った、伝説の怪物ヤマタノオロチである。はっきり言って、勝ち目がないのではないか。

そう思い、夫婦も娘も誰もが心配していたところに、スサノオが言った。

「俺に策がある」

そう言った彼の姿は、どこか頼りがいのある男の顔をしていた。

史上最古の胸キュン物語

元々スサノオには悪知恵が働くところがあった。こうすれば人が嫌がる。こうすれば迷惑そうな顔が見られる。

ガキ大将のように、今までは人のそんな姿を見るのが好きだった。

また戦闘力に関しても、堕ちても「大海原の神」。本来、地上界を治めるに申し分ないだけの力は持っていた。

これまでは、その知恵と力を悪い方にばかり使ってきた。

「樽を八つ用意してくれ」

まずスサノオは、父アシナヅチにそう命令をした。

「そこに八回、繰り返し醸造した強い酒を、なみなみぶち込んでくれ」

「は、はぁ……？　で、でも、これでなにを？」

「黙ってやれ！　娘を殺されたいのか!?」

「は、はい！」

「後はこの家に垣根を巡らせて、そこに八つの穴を開けて、それぞれそこにさっきの酒樽を置いておけ」

「は、はぁ……」

スサノオはアシナヅチに次々と指示をした。

（この神さまはなにを考えているんだろう……）とアシナヅチは疑問に思いながらも、スサノオに言われた通りに準備を行った。

「お前は……。そうだな……危ないから、ちょっとこっちに来い」

「え、あ……、は、はい！」

そう言うと、スサノオはクシナダヒメを呼び寄せ、その頭に手をかざした。すると……？

ポンッ！

クシナダヒメはその名の通り、「櫛」に変わった。

「しばらくの間、俺と一緒にいようか」

スサノオはそう言うと、その櫛を自分の髪に差した。

なんという突然の能力設定と胸キュン設定。

古代の人間は、すでに現代人の趣向を掴んでいたのだろうか。
そうこうしているうちに日が傾き始め、時間は刻一刻と迫ってきた。
それと同時に、遠くから地響きとともに足音が近づいてきた。
ドォン…………。
ドォン……。
ドォン………。
ドォン……。
ドォンッ!!
「来るか、化け物……」

伝説のヤマタノオロチ退治

スサノオは垣根の影で、ゆっくりと立ち上がり、ヤマタノオロチを見つめた。
その目には、アシナヅチの言葉通りの姿をした、八つの頭を持つ巨大な怪物が映った。

燃えるような紅蓮《ぐれん》の瞳に、岩をも噛み砕きそうな牙の数々、進むごとに大地は震え、一度の咆哮《ほうこう》で天が裂けるように雷が鳴り響いた。

ドォンッ！！！！

ドォンッ！！！！！

ドォンッ！！！！！

振動だけで全身が破裂しそうなほどの衝撃に耐えていると、ヤマタノオロチはアシナヅチの家の前に来ると、前進を止めた。

人の気配のなさに疑問を感じたヤマタノオロチ。

が、同時にほのかな酒の匂いを感じた。見ると、目の前の垣根の中に好物の酒が、なみなみに満たされた酒樽があるのが目に入った。ちょうど八つ。

匂いに誘われるままに、八つの頭をそれぞれ突っ込んで、ガブガブと酒を飲んだ。

ガブガブ。ガブガブ。ガブガブ。ガブガブ。ガブガブ。ガブガブ。ガブガブ。ガブガブ。

プハーッ！！！！！

醸造を繰り返した強烈な酒に、しばらくすると、ヤマタノオロチは酒がまわってその場でぐっすりと眠ってしまった。

「今だ！！！！」

垣根の影からそれを見守っていたスサノオは、そう叫ぶと、シャッと刀を抜き、天高く飛び上がった。高く、高く、これ以上ないほどに高く飛び上がった。

そのままの勢いで、スサノオは空中で剣を振りかぶった。夕日がその身体を鮮やかに照らし出し、ヤマタノオロチの身体に大きな影が浮かび上がった。

「うぉぉぉぉぉぉぉぉぉお！！！！」

落下とともに、ヤマタノオロチにも負けないぐらいの、地上全体に轟《とどろ》く咆哮。スサノオはそのままヤマタノオロチの首に斬りかかった。

「俺が、スサノオノミコトだぁぁぁぁぁぁぁ！！！！！」

斬ッ！！！！

「!?」

痛みと衝撃で目を覚ましたヤマタノオロチ。しかし、酒がまわっているためか動きは鈍い。

着地したスサノオは剣を肩に担ぐようにして、笑いながら言う。

「よう、化け物。油断したか？　よぉく見ておけ、この顔が、お前がその命で見る最後の景色だ」

返り血を浴びながらも夕日に真っ赤に照らされたスサノオのその顔は、鬼神のようでも、魔神のようでもなく、清々しい顔をしていた。凜々《りり》しい良い顔をしていた。

正しく男。自分の生きる道を見つけた英雄の顔だった。

「シャァー‼」

痛みと混乱で暴れまわるヤマタノオロチの八つある頭のうちの一つが、偶然にもスサノオ目がけて噛みつきにかかった。

「おっと」

スサノオは首だけを動かして、その攻撃を軽く避けると、大きく息を吸い込んで腹の底から気合いを発した。

「ハァッ！！！！」

斬ッ‼　斬ッ‼　斬ッ‼　斬ッ‼

斬ッ！！！！　斬ッ！！！！　斬ッ！！！！


スサノオの手によって、ヤマタノオロチのすべての首が斬り落とされた……。

「ふぅーっ‼」

ヤマタノオロチの真っ赤な血がほとばしり、夕焼けの紅とともに、出雲国を流れる肥河《ひのかわ》を下流に至るまで紅く、紅く染め続けた。

……決着はついた。スサノオは……勝った。

伝説の三種の神器

無事、ヤマタノオロチとの死闘を制したスサノオ。

かつての問題児は、地上界の英雄へと進化と成長を果たした……。

ヤマタノオロチの屍《しかばね》が横たわる中、スサノオは用心に用心を重ねて、その八本の尾も斬り刻み始めた。

その時だった。

ガキッ。

最後の一尾を斬った時に、なにか固いものに当たって、スサノオの剣の刃が欠けてしまった。

「なんだ?」

その尾の中でキラリと光るものを取り出すと、中から光り輝く神々《こうごう》しい剣が現れた。

「これは……」

この剣こそが、今この現代にまで伝説として伝わる皇室の「三種の神器《じんぎ》」の一つ、「草薙《くさなぎ》の太刀」である。

伝説の始まりはここにあった。今も尚、この草薙の太刀は正当な皇位継承者の証しとして人目に触れることのない場所（熱田神宮《あつたじんぐう》と言われている）で、現存していると言われている。

その剣を引き抜いたスサノオは、そのまま高天原にいるアマテラスを訪ねた。

「スサノオ様がやってくる！」

高天原は再び騒がしくなった。しかし、今回は以前の反応とは違っていた。

このたびの一部始終は、すべて天上界から見守られていたのだ。

天上界の神々からの、盛大な拍手とともに迎え入れられるスサノオ。

やはりどこか照れくさい。嬉しくもあるが、性には合わない。苦笑いしながら、スサノオはそう思っていた。

神殿の奥にはアマテラスが控えていた。

「よくやりましたね、スサノオ」

今度は武装することもなく、スサノオを迎えたアマテラス。

本来の柔らかく、温かく、優しい微笑みがそこには広がっていた。

「あのヤマタノオロチは、地上界に生きるすべてのものにとっての天敵。その天敵を見事退治した功績を認めて、これまでの貴方の罪をすべてなかったことに致しましょう」

「姉さん……」

「？」

「姉さん、俺はなんだ？　教えてくれ、俺は何者なんだ？」

「スサノオ…」

アマテラスはそう言うと、改めてゆっくりと頬を綻《ほころ》ばせ、優しい声で言った。

「スサノオ、貴方は……。英雄……、英雄スサノオノミコトです」

日本初の和歌

ヤマタノオロチを倒し、罪を背負った身から英雄となったスサノオ。

「三種の神器」の一つ、草薙の剣を天上界 高天原に献上して、再び地上に戻った。

スサノオが戻ると、そこには妻となったクシナダヒメが待っていた。

「貴方……」

スサノオが現れなかったら、自分は今頃食い殺されていたのだ。それを救ってくれた。しかも、その姿を、その戦いを一番近くで見ていた。

ヤマタノオロチの返り血を浴びながら、それでも清々しい男の顔をした、この神の表情を。

その命をかけた行動のすべてが自分のためだった。

もうスサノオノミコトという存在のすべてが、いとおしくてたまらなかった。

一生ついて行こうと思わせるだけの男の姿が、そこにあった。

そのまま抱き付いてきたクシナダヒメの身体は柔らかく、そしてか弱く、胸いっぱいの幸せと愛情が、スサノオの心を満たした。

「最高じゃないか……。こんな幸せがあるのか……」

スサノオはそう言うと、あることを思いついた。

「そうだ、宮殿をつくろう！　一緒に暮らす宮殿をつくるんだ!!」

突然、スサノオはクシナダヒメにそう告げると、出雲国で最適な場所を探し始めた。

「うん！　ここだ!!　ここが良い!!」

スサノオがそう言った場所は「須賀《すが》」。この場所で彼は言った。

「この地に来て、俺の心は最高に清々しい!!」

こうして格好良くなった伝説の英雄が放つ、日本初の親父ギャグによってその地に宮殿は築かれた。

宮殿を建て終えた時、同時にその地から、モクモクと雲が立ち上るのがスサノオには見えた。

立ち昇る雲を見つめて、これまでの自身の行い、出来事。過去、現在、そして未来。

様々な思いが胸を通り過ぎていく中、フッと思い浮かぶままに、スサノオは歌を歌った。

これは日本で初めての和歌だった。


「八雲立つ　出雲八重垣《やえがき》　妻籠《ご》みに　八重垣作る　その八重垣を」

（意訳）
幾層もの雲が立ち上る　この出雲の地に　妻《めと》を娶るために　幾重もの垣根を作る　大好きな　大好きな　君と過ごす　その垣根をね。

ド

斬ッ!!
ドォン…!
ドサッ
スタッ

ハァ…
ハァ…

第三章 「スサノオのヤマタノオロチ退治」 了

第四章　オオクニヌシの国づくり

スサノオのこれ以上ないハッピーエンドから永い、永い時が経っていた。

「古事記」の舞台は再びの出雲国から再開する。

ヤマタノオロチを倒し、伝説の神となったスサノオの子孫は次から次へと数を成し、やがてその一族は出雲国で長く繁栄を誇った。


そんなスサノオから数えて六代目。「八十神《やそがみ》」と呼ばれる数十もの兄神を持つ、オオナムヂという神がいた。

気が優しく、末っ子だったオオナムヂ。

対照的に気性が荒く、勝ち気な八十神たちは、毎日のようにオオナムヂをこき使い、いじめ抜いていた。神が神をいじめにいじめ抜いていた。


そんな冴《さ》えないオオナムヂ。それでも彼はやり返すこともなく、ジッと耐えていた。ただジッと。

そんな日々の中でも、オオナムヂはよく空を見上げていた。青空が広がり、ふんわりとした風が吹き、頬を掠《かす》めていくその優しい感触。

そんな瞬間に彼は幸せを感じていた。

それだけでよかった。生きていく上で、多くは望まない。ただ毎日を波風立てず、ゆっくりと、大好きな自然や動物に囲まれて生きる。

それだけでいい。大きなものは求めない。

よく見ると、すらっとした体型に、手足が長く、整った顔立ちを持つこの神。

この神には「欲」というものがなかった。

ただあるがままに、流れるままに、生きていく。きっと、それが幸せなんだ。そう思っていた。

因幡の白兎の物語

そんなある日、意地悪な兄神たちがオオナムヂに言った。

「おい、この荷物を全部持って俺たちについてこい」

そう言うと彼らは、オオナムヂだけでは背負いきれないほどの大量の荷物を、ドサッと放り投げた。

「早くしろ!!」

そんな意地悪な兄たちに付き従って、オオナムヂが向かった先は因幡国《いなばのくに》（現在の鳥取県東部）。

因幡国に「ヤガミヒメ」という絶世の美しさを誇る女神がいるという。しかもそのヤガミヒメが結婚相手を探しているという。

その噂を聞きつけ、八十神たちはこぞってプロポーズをしに、因幡国へ向かった。


「はぁ……はぁ……」

自分の身体よりもはるかに大きい荷物を運ばされ、途方もない道を歩かされる。オオナムヂからするとたまったものじゃない。

それでも逆らうと逆上してなにをするかわからないのが、この兄神たちである。これまでだってなにも悪いことをしていないのに、何度半殺しの目に遭《あ》わされてきたか。神なのに。

オオナムヂは黙々と文句を言わず、ただ従うしかなかった。

「結婚……かぁ……」

意気揚々と求婚に向かう兄たちの背中を眺めながら、彼はふと考えた。

「僕もいつか結婚とか……できるのかなぁ……」

今の自分にはそんなこと想像もできない。いや、むしろ畏れ多い。

自分みたいな冴えない男は、一生他の神々の下に付き従う。言われたことだけやっておくぐらいがちょうどいい。それぞれの命に合った生き方というものがあるんだ。決して、多くを望んではいけない。

そんなことを考えながら歩いていた。

そんなオオナムヂの視線の先にある奇妙な物体が目に入った。

それは、皮を剥がされて皮膚がずるむけになったウサギの姿だった。

グロテスク。

しかし、優しいオオナムヂはそのウサギに駆け寄って、理由を聞いた。

「どうしたんだい？」

「実は僕……」

「うぉ！　喋った!!」

なんといってもここは神の世界。なんでもありなのである。動物が喋るなんてことは朝飯前である。この先には、もっととんでもないものが喋ったりするのだから（意味深）。

「実は僕、元々そこに浮かんでいる隠岐島に住んでたんです。でも、どうしてもこっちの海岸に渡りたくて、でも泳げなくて……海のサメを騙《だま》したんです……」

「僕のウサギ一族と君のサメ一族のどっちの数が多いか、比べっこしようって。そうやってサメたちを島から海岸まで一列に並ばせて、数を数えるふりをしながら背中をピョンピョン渡っていたんです。で、最後についうっちゃったんです……」

「なにを言ってしまったんだい？」

「ばーか！　全部ウソだよーん！　こっちに渡りたかっただけだよーん‼　って……」

「……」

「そうしたら、怒ったサメに噛みつかれて皮を全部剥がされてしまって……うぅ……シクシク……」

まぁ、自業自得である。事の顛末《てんまつ》に続いて、さらにウサギは喋る。

「それで痛くて泣いていたら、さっきここを通りかかった神さまたちが、『かわいそうに、海水を浴びて海風で乾かせば痛みが取れるぞ』と言われたので、早速やってみたら……」

「うん……」

「ぎぃええぇぇぇぇぇぇぇぇ！！！……というわけなのです……」

ちなみにこの意地悪な神も、このウサギも、一応神である。しかし、そんな中でも救いはある。

それが、この心優しきオオナムヂの存在であった。

「ウサギさん、残念ながら、それは嘘だよ……」

「え⁉」

「すぐに真水で身体を洗い、蒲《がま》の葉と花粉を集めてその上で転がりなさい。すると、たちまち良くなるよ」

ウサギがその言葉通りにすると、たちまちウサギの傷は癒《い》え、元通りのきれいな真っ白な毛が生えてきた。

「わー！　ありがとうございます、旦那!!」

「とんでもない。次からは騙されないように気をつけるんだよ。じゃあ、僕はもう行くね」

「あ、ちょっと待ってください！」

「？」

ウサギがそう言うと、その眼を急に怪しく光らせて語り出した。

「さっき求婚に向かったあなたのお兄さんたち、その誰もヤガミヒメと結婚することはできやしません……」

「ちょ、ちょっ、ウサギさん！　滅多なことを言うもんじゃない！　また大変な目に遭うよ……」

「ヤガミヒメは貴方様との結婚を選ぶでしょう」

「え？」

主人公オオナムヂ、殺されまくる

ちょうどその時だった。時を同じくしてヤガミヒメの館前では、兄の八十神たちが必死にヤガミヒメに求婚を繰り返していた。


「僕と結婚を!!」

「いや！　この僕と!!」

「いやいや僕と!!」

そこにはヤガミヒメを求める男たちで、黒山の人だかりができていた。

大勢の男に囲まれたヤガミヒメ。そんな中でも、彼女は毅然《きぜん》と言い放った。

「私は、この中のどなたとも結婚を致しません」

「え!?」


その時、ちょうど重たい荷物を担いだオオナムヂが、「はぁ、はぁ」と息を切らせながら、ヤガミヒメの館の庭先に到着した。

「私はあのオオナムヂ様と結婚します!!」

「えぇぇぇぇぇぇ!?」

「ん……?」

全員の視線が一斉にオオナムヂに注がれた。

結局ウサギの予言通り、ヤガミヒメは本当にオオナムヂを結婚相手に選んだ。

許せないのは兄の八十神たちである。

「なんであんな野郎が!!」

「許せねぇ!!」

「納得いかねぇ!!」

これまで散々こき使い、バカにしてきたうだつの上がらない末っ子である。どうしてあんなボーッとしたやつに、自分たちが負けなければいけないのか。

話せば話すほど、集団心理のせいか、怒りは募り……。

やがて、ある兄神が呟いた。

「殺すか……」

そんな自身の命が危険に曝《さら》されているというのに、オオナムヂは一向にそのことに気づいていなかった。

今日も空を見上げ、鳥の姿を追い、地面に這う虫たちの営みを嬉しそうに眺めていた。こんな時間が大好きだった。こんな時間が幸せだった。

そんな時に声が聞こえてきた。

「おい‼」

「兄さんたち、どうしました？」

それがこれから始まる、オオナムヂの悲劇の「連続」の始まりだった。

オオナムヂはなんの疑いもなく、屈託《くったく》のない笑顔で兄たちを迎える。この純粋な神は、兄たちからの度重なる嫌がらせも自分自身を成長させるために、兄たちがわざとやってくれていると、本気で思っている節がある。


「こっちに来い！　チンタラすんな！　急げ‼」

呼ばれるままについていくと、そこは山の中だった。

「いいか、オオナムヂ。イノシシ狩りだ。俺たちが山の上からイノシシを追い立てるから、下で待ち伏せしてお前が捕まえろ！　できなかったら殴る！　わかったな‼」

「わかったよ、兄さんたち‼」

なにも疑う様子のないオオナムヂの表情を見て、八十神たちはニヤリと笑い、山頂へ上がっていった。

「おーい！　行くぞー‼」

山頂から山彦《やまびこ》のように響く兄たちの声に、オオナムヂは心を引き締め、腰を深く落としてイノシシを待った。

……ゴロゴロゴロゴロゴロゴロゴロゴロ。

次第に大きくなってく轟音とともに、オオナムヂの前に今、真っ赤な巨大イノシシが迫ってこようとしていた。

「(真っ赤？)」

オオナムヂがそう思った瞬間、グシャッ‼　という音とともに、オオナムヂは絶命した。

なんとそれはイノシシではなく、真っ赤に焼けた巨大な岩だったのだ。

「うぉー！　やったー‼」

このオオナムヂの死を嘆き悲しんだのは、母サシクニワカヒメだった。なんと言っても、唯一の心優しい息子が殺されてしまったのだ。

母はこの大切な唯一の子育ての成功作 オオナムヂをなんとか助けたいと思い、天上界 高天原へと向かった。

そこで驚くべき出来事が起こった。

息子の復活を願う母の姿に神々は心を打たれ、なんとあの天地が始まったときに最初に登場した伝説の神、アメノミナカヌシと並ぶ、「造化三神《ぞうかさんしん》」の一柱でもあるカミムスヒが現れた。

カミムスヒはオオナムヂの復活を承諾すると、すぐに赤貝の化身である「キサガイヒメ」とハマグリの化身である「ウムギヒメ」を地上界へ遣わせた。

「救急病棟 高天原」のナース。キサガイヒメとウムギヒメの二柱の神は、まず赤貝の貝殻を削って粉にした。ウムギヒメが、その粉にハマグリをしぼった汁を加え、母乳のようになるまで練り上げた。

二柱の神はこうしてつくり上げた薬を、丸こげペシャンコ状態のオオナムヂの身体に塗り付けた。

すると、火傷が綺麗に治ったばかりか、なんとオオナムヂは息を吹き返した。

母、ビックリ。そして歓喜。

ただ当然、キサガイヒメとウムギヒメ。この二柱の神は女神である。

やはりどこまでいっても、オオナムヂはモテ男。オオナムヂのそういうところが、気に食わないのがまた兄の八十神たちだった。

「おい、オオナムヂ。ちょっとまたついてこい」

復活して早々、八十神たちのその言葉に、オオナムヂはまたなんの疑いもなく兄たちの後をついていった。

連れて行かれたのは、再びの山だった。

八十神たちは、イノシシ狩りの次に、巨木を先端から途中まで二つに割って、その裂け目にくさびを打ち込んだ。

「この間に入って根性試しをしろ」

「わかったよ、兄さん」

オオナムヂはそう言うと、なんの疑いもなくその木の間に入った。

オオナムヂよ……、ちょっとは疑え。

結局、オオナムヂが木の間に入った瞬間に、八十神たちは木に打ち込んでいたくさびを抜いた。

グシャ!!

オオナムヂはせっかくよみがえらせてもらった命にもかかわらず、また命を落とした。

再びオオナムヂに伝えよう。ちょっとは学べ。

「うぼあぁぁぁぁぁぁぁぁぁあ!!!!」

また嘆き悲しんだのは、母サシクニワカヒメだった。

最愛の息子の命をあきらめきれない母は、再び息子オオナムヂの亡き骸を抱いて、高天原に向かわ……なかった。

なんと母サシクニワカヒメは、次は根性でオオナムヂをよみがえらせたのだ。

母の執念と根性によって、次はあっという間に生き返ったオオナムヂに母は必死の形相で語りかけた。

「いいかい？　オオナムヂ。

あなたはこのままここにいると、兄神たちに殺される。何回も、何回も殺される。だって、あなた学ばないも……ゴホンッ！　ゴホンッ!!　紀伊国《きいのくに》（現在の和歌山県）にオオヤビコがいます。あのお方を頼りなさい！」

母の必死の形相と言葉に、さすがにオオナムヂもようやく自身の身の危険を感じ、すぐに紀伊国に向かった。

「待て、ぐぉらぁぁぁぁぁぁぁぁぁぁぁぁ！！！！」

オオナムヂのなにがそんなに気に食わないのか……。すぐ後には再び、兄神たちの魔の手が迫り来ていた……。

「フォッフォッフォッ。話は聞いておる。さぁ、この木の中に隠れなさい。後はワシがなんとかしておこう」

母神から話を聞いてくれていた、オオヤビコ。ちなみに、オオヤビコというのは、イザナギとイザナミが神産みの時に産んだ子で、林業の神である。アマテラスやスサノオよりもっと前、オオナムヂや八十神からすると、かなりの先輩神である。

明らかに見た目も話し方も穏やかなこの神は、さっそくオオナムヂを目につかない、木の中に隠れさせてくれた。


どうしてもオオナムヂを許せないしつこい兄神たち。案の定、またオオナムヂを殺そうと紀伊国までも追いかけてきた。

八十神たちはオオヤビコの社を円になって取り囲むと、そのまま弓矢を引き絞り、「オオナムヂを渡さないなら、貴様共々殺してやる」と脅迫した。

「はて……、なんのことかのう……」

のらりくらりと八十神たちの追及をかわしながら、隙を見てオオヤビコはオオナムヂに告げた。

「このままでは、この紀伊国も安全とは言えない。スサノオノミコトの住んでいる根《ね》の堅洲国《かたすくに》へ行きなさい。スサノオならきっとなんとかしてくれるはずじゃ」

まさかの新旧主人公の競演。まさかのスサノオの再登場。

オオナムヂは、オオヤビコの指差す木の根を潜り、根の堅洲国へと急ぎ向かった。

スサノオ再登場

「はぁ……はぁっ……!! はぁ……!!」

長い、長い木の根の道をくぐり、オオヤビコの言う根の堅洲国に着いたオオナムヂ。

根の堅洲国とは、スサノオが任された大海原を治めることもせず、「母のいる根の堅洲国に行きたい」と泣き喚いた、あの「根の堅洲国」である。

スサノオはヤマタノオロチを倒し、クシナダヒメと子孫を繁栄させたことに満足し、念願のこの地に住まいを移していたのだろうか。

「はぁ!! はぁ……!! こ、ここか……!?」

必死に走り、オオナムヂはなんとか根の堅洲国の、スサノオの住む神殿に辿り着いた。

「はぁっ! はぁっ!! だ、誰かぁ!!」

ドンドンと門を叩いたオオナムヂを迎えたのは、美しき女神だった。

「あなたは……？」

スラッとした体型に、張りのある声、それに少し気の強そうな目。その名はスセリヒメ。スサノオの娘だった。

命の危険に曝されてきた自覚と、走り切って来た興奮状態からか、いつもの朴訥《ぼくとつ》としたオオナムヂと違い、この時は感情が高ぶっていた。

スセリヒメを一目見たその瞬間に、オオナムヂは恋に落ちた。

それは、スセリヒメも同じだった。

そして、二柱の神は言葉もなく深い愛で結ばれた。

オオナムヂよりも強い恋心をこの地上から来た神に抱いたのは、スセリヒメだった。

彼女は結ばれた後に、頬を紅らめながらそそくさと神殿の中に戻り、父親であるスサノオに告げた。

「大変見目麗しい、立派な神さまが、地上界よりお出でになられました」

「……なに？」

いよいよ超大物の再登場。最早古事記の中の世界でも、「英雄」として伝説が語り継がれているスサノオノミコトである。

スサノオは娘スセリヒメの言葉にゆっくりと立ち上がると、まず娘のいつもと違う様子に気づいた。

「お前、どうした？　顔が紅いぞ」

「え？　やだ……」

スセリヒメはそう言うと、着物の袖で顔を隠し、パタパタと足音を立てながら奥に去っていった。

「変なやつだな……」

その姿を見届けると、スサノオはゆっくりと玄関にいるオオナムヂのもとに向かった。

ぬっ。

正しくその音と同時に、巨体がオオナムヂの眼前に現れた。

「伝説の英雄」が今、自分の目の前にいる。自分の遥《はる》か六代前の先祖。当然何度となく、その逸話は聞いたことがある。

気に食わなければ神をも殺すという破天荒ぶりも、怪物ヤマタノオロチに立ち向かったという勇気も……。

スサノオ。その存在のすべてが「伝説」だった。

「貴様は……」

スサノオはじっくりと見定めるように、オオナムヂを足の先から頭まで見回すと、一言だけ言った。

「葦原色許男《あしはらのしこお》か……」

葦原色許男とは、諸説あるが、「地上界（※地上界は葦原の中つ国とも言われている）の美男子」という意味だと言われている。

「（この顔……、この目付き……中々良いものを持っている……）」

これが伝説の神たる所以、スサノオはなにか運命を感じていたのか、この突然自分を訪ねてきた優男に、なにかしらの可能性を感じとっていた。

「（しかし……まだ足りない……）」

同時にそうも思っていた。

スサノオはジッとオオナムヂを見つめ続けると、しばらくしてから一言だけ不愛想に言った。

「上がれ」

そうしてスサノオは、自身の神殿にオオナムヂを招き入れたが、それは客としてではなかった。

ここからスサノオのとんでもない試練が始まった。

スサノオの試練

オオナムヂが通されたのは客間であったが、普通の客間ではなかった。

そこは、無数のヘビがうじゃうじゃうじゃうじゃうじゃと、何千匹も這い回る部屋だった。

「今日はここで寝ろ。良い部屋だろ？」

スサノオはそれだけ言うと、「ドォン、ドォン」と大きな足音を残して去っていってしまった。

「（マジ……？　どうしたものか……。『寝ろ』と言われても、こんなところで……）」

困り果てていたオオナムヂ。

そんな彼を救ったのは、また女性だった。スサノオの娘スセリヒメである。

「オオナムヂ……」

スセリヒメはソーッとオオナムヂのいる部屋の襖《ふすま》を開けると、小さな声で囁《ささや》いた。

「もしヘビが近づいて来たら、この布を三回振って。そうすればヘビは近寄って来ないわ」

そう言うと、スセリヒメは呪力の込められた布をオオナムヂに手渡した。

「あ、ありがとう」

そうして実際に布を振ってみると、見事なほどにヘビは、オオナムヂの周りに寄ってこなかった。

スセリヒメの助けのおかげで、ぐっすりと眠ることができたオオナムヂ。こうして、一つ目のスサノオの試練は突破できた。

一つ目の……。そう……。

スサノオの試練はこれからが本番だった……。


「お、お前……」

「おはようございます！」

翌朝、スッキリした顔で現れたオオナムヂに、スサノオは驚いた。

「お、お前、あの部屋で寝れたのか……？」

明らかにヘビに噛まれた様子もない。目の下にクマもない。至って平然とした、オオナムヂの姿。

「(中々やる……か……？　いや……まだ早いか……)」

実際はスセリヒメの助けだが、少しオオナムヂに対する見方が変わりかけたスサノオ。

しかし、そのことは態度には出さず、情け容赦なく次の試練を与えた。

「今日はこの部屋で寝ろ」

次にスサノオが示した部屋は、何千匹のムカデが這い回り、部屋全体に無数のハチが飛び回る部屋だった。

このエキセントリックな神さまは、一体全体どうしてこんな部屋を自分の家に用意しているのか……？

しかし、結果は同じだった。


「オオナムヂ……これ使って」

またスサノオの娘スセリヒメが、次はムカデとハチを追い払う呪力を込めた布をコッソリ手渡し、オオナムヂはそのおかげで、またその日もグッスリ眠ることができた。

「おはようございます！」

「お、お前……」

翌朝、また何事もなかったように爽やかな顔で現れたオオナムヂを見て、スサノオは驚いた。

「(……そうか……)」

スサノオは意味深な表情をすると、次はオオナムヂを外に連れ出した。

そして、「見ておけ」と一言だけ言うと、大きな原っぱがどこまでも広がる場所で、スサノオは矢をつがえた弓を力いっぱい引き、天高く放った。

「ムンッ!!」

ヒューン……。

スサノオの馬鹿力によって放たれた矢は大きな弧を描き、はるか彼方に飛んでいった。

「あの矢を拾ってこい」

「わかりました!!」

そう告げると、その言葉とともにオオナムヂは野原に駆け出した。

「(そろそろか……)」

そう小さく呟いて、オオナムヂの姿が見えなくなると、スサノオはなんと野原に火を放った。

ボォォォォォォォォオ!!

火は瞬く間に燃え上がり、一瞬にして野原全体を囲むように広がった。

「熱っ!!」

オオナムヂが肌に熱さを感じてから、一瞬の出来事だった。全方位の灼熱の炎は、その眼前にまで迫っていた。

「逃げ場は!?　逃げ場はないのか!?」

肌を焼きはじめた炎の熱さとともに、オオナムヂは絶望した。

「(……逃げ場は……ない。もうここまで……)」

思考だけが脳内を駆け巡る。

「(また死ぬのか……どうして僕はこう何度も……)」

幾度となく迫り来る死に、あきらめかけたその時だった。

「(でも……)」

無意識に歯を喰いしばり、オオナムヂは初めて死ぬことに悔しさを感じた。

「(ヤガミヒメ……スセリヒメ……命の危機を救ってくれたオオヤビコ……最愛の母……みんな、こんな自分のどこを好きでいてくれたのだろう。伝説の神 スサノオはこんな自分になにを見て、試練を与えているのだろう……)」

オオナムヂにはわからなかった。わからないが故に、どうしても譲れない思いが、その心に湧いてきた。

「(死にたくない!)」

地上界にいた時は失うものはなにもなかった。だが、今は違う。

大切なものがある。守りたいものがいる。なにより、知りたいことがある。

みんなが僕に見ている、この自分自身の可能性を!! これから先の未来を!! この試練を乗り越えた、その先を!!

そう思った瞬間に、心の底から燃え上がるような感情が、湧きあがってきた。

「(こんなところで死んでたまるか!!)」

初めて湧き上がってきた、強い思いだった。オオナムヂは炎に囲まれながら、天を見上げた。

強く、強く天を見上げた。その時だった。

足もとから小さな声が聞こえてきた。

「内は……、外は……」

「ん？」

声のする方を見ると、そこには小さな、小さな野ネズミがいた。

野ネズミは地面を指差しながら、なにかを呟いていた。

「内はほらほら、外はすぶすぶ」

「なんだ？　なにを言っているんだ？」

よく聞き取ろうと、野ネズミに近づいたその瞬間だった。

ボコンッ!!

急に足もとが大きく崩れて、オオナムヂは地下の空洞に真っ逆さまに落ちていった。

通常の状態なら大変な出来事も、火に囲まれていたオオナムヂにとっては、これ以上ないほどの幸運。

「た、助かった……」

オオナムヂはその地下の空洞で、頭上の野原を炎が焼き尽くしていくのをただ待った。

火は……、やがて収まった。

鎮火を確認しようとオオナムヂは、ソーッと穴から顔を出そうとすると、再び足もとに野ネズミが現れた。

なんとその口には、オオナムヂが探し求めていた、スサノオが放った矢がくわえられていた。

「野ネズミさん、ありがとう」

このオオナムヂという神は、周りに助けられる才能があるのだろうか。それともそれこそが、王になるべきものが持つ特性だったのだろうか。

オオナムヂは野ネズミを掌に乗せ、その矢を受け取り、しっかり礼を言うと、地上に這い上がった。


すっかり焼き払われてしまった野原には、殺風景な姿だけが広がっていた。

「(さすがに……、死んだか?)」

スサノオは焼け野原を眺めて、そう思った。

「(まぁこれで死ぬようなら、この程度の男ということだろう。別に気に病むこともない)」

傍らでは、スセリヒメが滂沱《ぼうだ》の涙を流していた。

そんな時だった。

泥まみれになったオオナムヂが、矢を片手に野原の遠くから、確かに姿を現した。

「見つけました!!」

「オオナムヂ!!」

スセリヒメは歓喜の声をあげた。スサノオ自身も、驚きを隠せなかった。

戻って来たオオナムヂの表情は、明らかに今までのどこか頼りない表情と違い、凛々しく、たくましいものに変わっていた。精悍《せいかん》な男の顔をしていた。

「(やるじゃないか)」

スサノオは、今度は素直にそう思えた。

「(次で……最後にするか)」

スサノオはそう思いを至らせると、オオナムヂを自身の部屋に招き入れた。

日本史上初の王オオクニヌシの誕生

「おい!」

「はい!」

「頭がかゆい。シラミを取ってくれ」

そう言ってスサノオがゴロリと寝転ぶと、オオナムヂは衝撃を受けた。その頭には、何十匹というムカデが棲みついていた。

なんというエキセントリックさ。これぞスサノオ。

思わず悲鳴をあげそうになる状況だが、これまでたくさんの試練を乗り越えてきた、オオナムヂは心が鍛えられていた。

声を出すことも、驚くこともせず、目の前を這い回るムカデを、どうしたものかと考えていた。

その時だった。

「オオナムヂ」

脇から囁く声が聞こえてきた。見るとスセリヒメだった。

「これ、使って」

そう言って手渡されたのは、椋《むく》の木の実と赤粘土だった。それを受け取った瞬間に、オオナムヂはピンと来た。

そのままオオナムヂは、スサノオの頭髪に手をかけながら、木の実を「パリポリ……」と音を立てながらかじり、赤粘土を口に含んでプッと吐き出した。

「(こいつ……)」

寝転びながら、その様子を感じ取っていたスサノオ。オオナムヂがムカデを取ってはかみ殺しているものだと勘違いして、そのことにただ感心してしまった。

「(この男……いよいよ本物だ……)」

完全にオオナムヂを認め、安心しきったスサノオは、そのまま眠りに落ちてしまった。

すると、それを見たオオナムヂはスセリヒメと目配せをした。語らずとも、スセリヒメも思いは同じだった。

「よし！　行こう！」

オオナムヂはスセリヒメにだけ聞こえるように小さくそう言うと、スサノオの髪の毛を部屋の柱に縛りつけた。

なんと大胆な行動。しかし、もう昔のオオナムヂではなかった。

オオナムヂはそのまま部屋の入り口を、五〇〇人がかりでようやく動かせるほどの大きな岩で塞ぎ、妻となったスセリヒメを背負うと、スサノオの神殿を飛び出した。

さらにその手にはスサノオの持ち物だった、伝説の「生大刀《いくたち》」と「生弓矢《いくゆみや》」、「天《あめ》の詔琴《のりごと》」が握られていた。

ここからオオナムヂの新たな一歩が始まる。

必死になって駆け出すと、根の堅洲国の出口はもうすぐそこまで迫っていた。あの坂を駆け上がれば、地上界に戻れる。

オオナムヂがそう思った、その時だった。

カラン！　カラカラン‼

その手に持っていた「天の詔琴」が木に触れて、根の堅洲国全体を揺るがすような轟音を立てた。

その音はスサノオの耳にも届き、その目を覚ませてしまった。

「あいつっ‼」

スサノオは瞬時に状況を察すると、オオナムヂの後を追おうと飛び起きた。しかし、オオナムヂによって、厳重に柱に結び付けられた髪は簡単にはほどけなかった。

「む？　ん？　ぬ、ぬぉぉ‼　ぬおおおおおお！！！！」

なんと髪がほどけなかったスサノオは、そのまま柱とともに、神殿を引きずり倒してしまった。

これぞ、これぞ、スサノオ。ヤマタノオロチを倒した、伝説の神。

「うおおおおおおおおお！！！！」

そのまま神殿を引きずりながらオオナムヂを追いかけたが、オオナムヂの姿は、もう地上界への出口すぐのところまで迫っていた。

もう間に合わないことを悟ったスサノオは、根の堅洲国全体に轟く声で、オオナムヂに言葉を飛ばした。

「おい!!」

「!?」

そのあまりの大きな声に、オオナムヂは思わず立ち止まった。

しかし、その声の質は決して厳しいものではなかった。どこかスサノオの優しさと愛に溢れているように、オオナムヂは感じた。

スセリヒメを背負ったまま、オオナムヂがゆっくりとスサノオの方へ振り返ると、スサノオはそれを見て、再び言葉を発した。

「その生大刀と生弓矢はお前にくれてやる!! それであの煩わしい兄神たちを追い払ってしまえ!! ただな! そんな小さいことで満足するんじゃないぞ!! お前はこれから『オオクニヌシ』と名乗り、葦原の中つ国（地上界）の支配者となれ!! 偉大な、偉大な、王となるんだ!!」

スサノオの言葉は続く。

「でもなぁ!! 俺の娘スセリヒメを幸せにすることも絶対に忘れるんじゃないぞ!! この野郎め！！！！」

スサノオの言葉は、深く、深く、オオナムヂとスセリヒメの心に突き刺さり、そしてすぐに、じんわりと優しい愛情に変わっていった。

スセリヒメは泣いていた。

「お父さん……、お父さん……、ありがとう……ありがとう……」

オオナムヂはスセリヒメのその姿を見て、決意を新たにした。

「俺は！　俺は！……必ず地上界の王に……！」

オオナムヂ、いや、「オオクニヌシ」となった神の、国づくりの物語が始まった。

オオクニヌシの国づくり

スサノオから譲り受けた伝説の武器と「王になる」という決意とともに、オオクニヌシは出雲の地に降り立った。

斬っ!!

「うわぁぁぁぁぁぁあ!!」

「兄さんたちを殺すつもりはない。俺はこの国の王になる。だから、これ以上、俺にはもう関わらないか、それとも……？」

「い、いや!! わ、わかった! わかった! 今まで悪かった……で……す!! あなたに従う!! 従いますから!! 命だけは!!」

スサノオから譲り受けた伝説の武器を持ち、さらに成長したオオクニヌシにとっては八十神たちの力など恐れるに足らず、兄神たちを配下に従えるとともに、出雲国をあっという間にその手中に収めた。

そして、最早伝説の神スサノオにも認められたほどの偉大なる神、オオクニヌシの力は留まるところを知らず、その勢力は出雲国を越えて、地上界ほぼすべての国を配下に従えようとしていた。

だが、この日本は広い。

いくら島国で単一民族とはいえ、主張も考え方も違う、多くの小国で形成されているこの国を、オオクニヌシの力だけでまとめ上げるのはかなり大変なことに感じられた。

しかし、自分は確固たる国をつくり上げなければならない。これからの未来を考え、オオクニヌシは出雲の美保《みほ》の岬から海を眺めていた。

そんな時だった。一艘《いっそう》の小さな船が、遠く沖の方からこちらに向かって近づいてきた。

「ん?」

オオクニヌシが目を細めても、中々見えない。

「おい、なんだあれは？」

配下の神々に尋ねるも、誰もが「よく見えない」という。近づいてくるにつれ、その姿が大きくなってくると思いきや、いや違う。

「なんだ、あれは？　本当に小さいじゃないか」

見ると、掌にでも乗りそうな大きさの小さな神々が、よいしょ、よいしょと一生懸命に船を漕《こ》いでこちらに向かっていた。

「……………」

オオクニヌシがジッとその動きを見ていると、その小さな神は岬に降り立ち、オオクニヌシの足もとで立ち止まり、ジッと見上げた。

ガガ芋の実を半分に切って中身をくりぬいた船に、蛾《が》の羽でつくられた着物をまとった小さな、小さな神……。

「な、なんだ？」

「………」

「君は一体、誰なんだい？」

「………」

「名前は？」

「……」

「どこから来たんだい？」

「……」

どれだけ語りかけても、その小さな神はオオクニヌシの顔をジッと見つめるばかりで答えはなかった。

「お、おい……！　誰か教えてくれ！　こいつ一体なんなんだ？」

オオクニヌシは配下の神々に聞いてみたが、誰もわからないと首を捻《ひね》るばかり。

そのうちにある神が言った。

「知恵のあるクエビコなら知っているのではないでしょうか？　まぁカカシの神だからちゃんと話せるかわかりませんがね……ゲコゲコ」

こう言った神はヒキガエルだった。

「（話せるかわかりませんって、お前が言……）クエビコか……呼んで来てもらってもいいか？」

「あいよ、旦那!!　野郎ども、行くで!!」

「（騒がしいカエルだな……）」

やがて配下の神々に担がれるように連れられて、カカシの神クエビコはやってきた。

クエビコはその小さな神を見て言った。

「この神は、偉大なる造化三神のうちの一柱 カミムスヒの御子《みこ》であられるスクナビコナノカミです」

「マジ!?」

その言葉を聞くと、オオクニヌシは急いで神殿に戻って、ご神託（神の言葉）を受けて確認を取った。

聖なる空間にカミムスヒの声が響く。

「えぇ……その神は確かに私の子です。名はスクナビコナ。あまりにも小さかったので、手の指の間から滑り落ちてしまったので、あまりその存在を知られていなかったのです……。その子と力を合わせて、国の基礎をつくり固めなさい。必ずや大きな力となってくれるでしょう」

偉大なる神からの言葉を受けて、改めて横にチョコンと座るスクナビコナを見た。

彼は小さく、ペコリと頭を下げた。

そうしてオオクニヌシとスクナビコナ、二人三脚での国づくりが始まった。

ただ「古事記」は、この二柱の神による国づくりの成果をなんら記録してくれていない。

「古事記」と並ぶ、もう一つの日本神話「日本書紀」や各地方にまつわる神話「風土記《ふどき》」によると、二柱の神は人や動物の病気の治療法、害虫の駆除法の普及、また山や丘をきれいな形に整えたり、有名な話で言うと、あの日本有数の温泉地、道後《どうご》温泉すらも二柱の神がつくり上げたという。

一つ、面白い話がある。

二柱の神の国づくりの一場面の中で、オオクニヌシがスクナビコナに言う。

「スクナビコナよ。国づくりは楽しいものだが、重い粘土を持って、長時間歩き続けるのは中々の重労働だな」

それに対してスクナビコナが答える。

「いや、ちがうね。大便を我慢しながら歩く方がツライね」

それに対してオオクニヌシは至って真面目に答える。

「なにを言ってるんだ。大便ぐらい我慢すればいいだけの話。要は根性だ。根性が足りない」

「根性の問題じゃない!! あの苦しさには耐えられない!!」

こうして口論はエスカレート。ついに両者は実際に勝負するコトになる。

スクナビコナが重い粘土を持って歩く。オオクニヌシが大便を我慢しながら歩く。

「よーいどん」

二柱の神は出雲を出発。しかし勝負の結果はなかなか決まらない。結果、二柱の神は何日間も歩き続けることになった。

「………」

「……ハァッ……ハァッ……」

「ス、スクナビコナ……、そ、そろそろ、降参したらどうだ?」

「……そ、そっちこそっ……」

次第にペースが遅くなるオオクニヌシ。同時に思った。

「(俺……なにしてるんだろ……)」

しかし、時既に遅し。播磨国《はりまのくに》(現在の兵庫県)まで辿り着いたとき……。

「ぬぁぁぁぁぁぁぁぁぁあ!!」

ついにオオクニヌシが我慢できなくなって……(以下略)。こうして二柱の神の勝負はスクナビコナに軍配が上がった。

国づくり、完成する

紆余曲折《うよきよくせつ》ありながら、国を確かなものにつくり上げていったオオクニヌシ。

そんなある日のことだった。スクナビコナがオオクニヌシの神殿を訪ねてきた。その身には、出会った当初に羽織られていた蛾の羽でできた着物がまとわれていた。

スクナビコナはなにも言わずに、オオクニヌシにペコリと一礼だけすると、踵《きびす》を返し、神殿を出ていってしまった。

突如として嫌な予感がしたオオクニヌシは、スクナビコナの後を追った。

しかし、なにを話しかけても前を向きながら涙を流すばかりで答えてくれることはなく、結局スクナビコナは、初めてオオクニヌシと出会った場所でもある美保の岬から、来た時と同じようにガガ芋の船にピョンッと飛び乗って、海の向こうに行ってしまった。

「おい！　どこに行くんだよ！　お前がいなくなったら、俺はどうしたらいいんだよ!!　行くなって！　なぁ!!　行くなよぉー!!」

オオクニヌシも涙を流しながら引き留めるも、言葉は届かず、その姿はあっという間に海の向こうに消えてしまった。

スクナビコナが向かった先は、「常世《とこよ》の国《くに》」だった。

この時代の島国日本。海の水平線のその彼方には、神々が住まう楽園「常世の国」があると本気で思われていた。

国づくりの役目を終えたスクナビコナもまた、神々の住む「常世の国」へ去っていってしまった。

困り果てたのはオオクニヌシだった。

そんな彼に、再びの強力な助っ人神が現れる。

「ワシに任せればいい」

夜の海を照らしながら現れた、その巨大な神の名はオオモノヌシ。突然の巨神の登場に驚くオオクニヌシに、オオモノヌシは言う。

「ワシはお前の良い心が具現化された神じゃ」

「(その割には偉そうやな……)」

オオクニヌシは思った。

「なにか言ったか？　手伝わんぞ？　ん？」

「……っと、ともかく、力を貸してほしい！　国づくりの完成はもう後少しのところまで来ているんだ!!　頼む!!」

「条件がある」

「(さっきから偉そうだったり、条件だったり、なんだこいつ……)」

「なにか言ったか？」

「ナニモイッテマセヌ」

「ワシの御霊《みたま》を大和の東の山上に祀《まつ》れ。大切に、大切に奉《たてまつ》れ。そうすれば国づくりを手伝おう」

「わ、わかった……！」

オオクニヌシはその言葉通りに、オオモノヌシの御霊を大切に奉り、神社を建てた。オオモノヌシの力は想像以上に強く、彼の助けによって葦原の中つ国はしっかりと根の張った揺るがない国となった。

ここにオオクニヌシは地上界の真実の王となり、「国づくり」という偉業は成し遂げられた。

への

第四章　「オオクニヌシの国づくり」　了

第五章　国譲り

風雲、急を告げていた。

オオクニヌシらによって、見事、「国づくり」が成し遂げられた葦原の中つ国。

地上界には、緑がたくさん溢れ、生きとし生けるものは、生命は命いっぱいにその輝きを弾けさせ、万物がそれぞれの役割の中で調和の世界をつくり上げていた。


ただ、それに納得がいかない神がいた。

最高神 アマテラスだった。

まさかの横槍《よこやり》。しかも、穏やかであるはずの女神からの横槍。

一体なぜ？


アマテラスは確かに愛と思いやりに溢れた神だった。しかし、真面目に過ぎる。要は決まりごとに対して、融通が利かないところがあった。

アマテラスの言い分としてはこうだった。

「葦原の中つ国は、我が親イザナギとイザナミが治めるべきだった場所。イザナミの不慮の死があり、その願いこそ叶《かな》わなかったが、本来、我々天つ神こそが統括するべき」

必死に国をつくってきたオオクニヌシたちからすると、なんとも勝手な意見……。

いや、かなり強引にアマテラスをかばうならば、アマテラスは地上界の国づくりの過程やオオクニヌシの努力を、間近で直接見ていたわけではない。

もしかしたら、天上界から見ていて、ヒキガエルやカカシが話しまくっている、カオスな地上の世界をアマテラス特有の優しさによって心配したのかもしれない。

ちなみに、天つ神とは高天原に生まれた神々。その逆に国つ神とは、地上界で生まれた神々のことを言う。

「我が子、アメノオシホミミ、あなたが地上界を取り戻すのです。任せましたよ」

アマテラスの指示を受けて地上界に派遣されたのは、あのスサノオとの誓約の際に生まれた一柱の神、その名をマサカツアカツカチハヤヒアメノオシホミミノミコトという。

マサカツアカツカチハヤヒアメノオシホミミノミコト。

マサカツアカツカチハヤヒアメノオシホミミノミコト。

マサカツアカツカチハヤヒアメノオシホミミノミコト。

長いわ。

さて、このアマテラス直系の息子となるマサカツアカツカチハヤヒアメノオシホミミノミコト。このアメノオシホミミ（もう面倒くさくなった。しかし、それでも長い）だったが、少し頼りない部分のある神だった。

なんといっても実戦経験がない。生まれてこの方、平和な高天原で悠々自適《ゆうゆうじてき》に暮らし続けていたのだ。

しかも、最高神アマテラスの息子。周りの神々があれやこれやともてはやして、世話も面倒もすべて見てくれる。そんな環境を離れることに、正直抵抗があった。

「正直、めんどくさいな……」

そう思っていた。

とはいえ、母といえどもやはり、最高神は最高神。最高神の命令は絶対である。

気乗りしないながらも高天原を降り、かつてイザナギとイザナミが降り立った場所と同じ「天の浮橋」に立ち、そこから地上界を眺めてみた。

そこには……？

ズドーン!!　ドカーン!!　ワーッハッハッハッハー!!　キャッキャキャッキャキャッキャ!!

「な、なんだ、これは……？」

そこには想像以上の世界が広がっていた。

巨大な動物や怪鳥《けちょう》の神、喋る木や花の自然神、一つ目の巨神、物の怪《もののけ》、妖怪、小人や木霊《こだま》。もうありとあらゆる神々が、ごっちゃごっちゃに混ざり合い、正しく「カオス」な状態だった。

「こ、これは……俺には荷が重すぎる……」

そう感じたアメノオシホミミは、地上界には降りず、そのまま高天原に舞い戻ってしまった。そして、見たままをアマテラスに伝え、また同時に自分には荷が重いということも伝えると、そのまま神殿の奥に引きこもってしまった。


この結果を受けてあの「天の石屋戸開き」の時と同じように、神々は再び天の安の河原に集まって会議を始めた。

「我が子、アメノオシホミミを地上界を治めるために派遣しました。が、地上には乱暴な国つ神たちが多くいるようです。やはり理性と知恵と品のある天つ神が、地上界を治めなければいけない。誰か適任はいませんか？」

知恵の神オモイカネが言う。

このオモイカネ。そう、あの「天の石屋戸開き」の時に大活躍した神である。

「ならば、アメノオシホミミの弟にあたる、アメノホヒがいいでしょう」

「アメノホヒ、ね……。まぁあの子だったら、引き返してきたりはしない……わね」

このアメノホヒ。

アメノオシホミミと同じくスサノオとの誓約の際に生まれた天つ神だが、アメノオシホミミに比べても真面目で誠実なところがあり、当然裏切ったりする心配もない。

「適任かもしれないわ」

そう言って、アメノホヒを地上界に遣わせた。

前任の兄アメノオシホミミと違い、地上のカオスな状態を眺めながらも動じることなく、地上界に降り立ったアメノホヒ。

荒ぶる国つ神たちと闘う気持ちで、武装もしてきた。覚悟もしてきた。

しかし、実際に降り立った地上界の国つ神たちは思いがけず大人しく、アメノホヒを見かけても襲いかかってくるようなことはなかった。

「(なにかに統制されているのか……?)」

不審に思いながらも目的の地、オオクニヌシの神殿に向かうアメノホヒ。その道中でも大きな妨害が入ることはなかった。

出雲国にそびえるオオクニヌシの神殿。

使いの女神に用件を伝え、通された神殿の奥の間。そこに、オオクニヌシは鎮座していた。

聞けば、この男が荒ぶる神々たちの親玉であり、地上界の女神も財宝も根こそぎ我がものにしているという。

どれほどの悪党かと思い、オオクニヌシと対面したアメノホヒ。

「し、失礼します……」

なんと言っても相手は百戦錬磨《ひゃくせんれんま》の地上界の王。あの伝説のスサノオすらも認めた神だという噂も聞いている。

緊張しながら、オオクニヌシに対峙《たいじ》して正座したアメノホヒ。そんな彼にオオクニヌシが言う。

「遠く高天原より、ようこそお出でくださいました……。我が名はオオクニヌシ……。この地上界を司るもの……」

ブワッ!!

オオクニヌシの一見柔和な見た目とは裏腹に、発する言葉の重みと威圧感にアメノホヒは、一瞬にしてのけ反りそうになった。

正しく、その言葉と態度から風が吹いた。しかも座っていられないぐらいの突風だった。そう錯覚させるぐらいの空気をオオクニヌシは放っていた。

「(な、なんだ!? この男は……!?)」

天上界の神とはいえ、兄アメノオシホミミと同じく、これまで実戦経験もないアメノホヒ。正直、相手が悪すぎた。

これまで何度も死と再生を繰り返し、根の堅洲国であの伝説の神スサノオに鍛え上げられ、圧倒的な力で大国をまとめ上げてきたオオクニヌシ。

このオオクニヌシに、アメノホヒが勝てる要素などなに一つなかった。

「して、用件を伺おう……」

ブワッ!!

再びの突風が吹いた。アメノホヒはのけ反ってしまった。体勢とともに視線を戻した先のオオクニヌシは、変わらず柔和な笑顔を保っていた。

「こ、こんな神は高天原にはいなかった……!」

真面目で誠実だったアメノホヒ。その誠実さは、道理を越えて、素直に目の前のオオクニヌシをただ尊敬する気持ちに変わった。彼の心には高天原も葦原の中つ国も、天つ神も国つ神も、なかった。あったのはただ、偉大なる神に憧れるその気持ちだけだった。

そして、アメノホヒが地上界から戻ってくることはなかった。

高天原連戦連敗

アメノホヒ派遣から、三年の時が経っていた。

アメノオシホミミに続いてアメノホヒまで……。

まったく「国譲り」がはかどらないことに、心配の念が絶えないアマテラス。そのアマテラスの気持ちを推し量って、オモイカネが言った。

「多少の……武力行使は致し方ないのかも……しれませんね……」

「なぜ？　どうして？　オオクニヌシは、それほど立派な神だというの？」

「まぁ二柱の神ともまだ若かった。仕方ないでしょう。次は武力行使も厭《いと》わない覚悟で遣わせたら結果も違うでしょう」

次に派遣されたのは、アメノワカヒコ。

高天原の中でも武芸に精通していること、またその気性の強さで知られていた若き神だった。なにより野心が強い。

「はっ、わかりました。仰せのままに」

使命を受けてそう言ったアメノワカヒコに、アマテラスとオモイカネは「天之麻迦古弓《あめのまかこゆみ》」と「天《あめ》之波波矢《のははや》」という神具を授けて、地上界に遣わせた。

三度目の正直。高天原の神々もそれなりの覚悟を決めた。

アメノホヒに続いて、オオクニヌシと顔を合わせるアメノワカヒコ。

「（なるほど……確かに……）」

アメノワカヒコの視界の中には、優しそうな表情の底に、しっかり見える心の柱。確かに、平和な高天原の神々にはいないタイプの神だった。

「（しかし……、俺はそう簡単にはいかないぞ……）」

アメノワカヒコがそう決意を固め、オオクニヌシを睨《にら》みつけて用件を突き付けようとした、その時だった。

「オオクニヌ……」

「アメノワカヒコさん」

突然オオクニヌシが、真剣な表情から一転、花が咲くような笑顔でパッと笑って語りかける。

「は!? えっ……」

オオクニヌシのその態度に、肩透かしを食らったかのように、アメノワカヒコもつい変な声が出る。

その次の言葉こそがオオクニヌシという神の底の深さを感じさせた。

「男だけで話しても花がない。せっかくだから、うちの娘を同席させても構わないか？」

「はっ、えっ、あっ、まぁ……」

「お〜い、シタテルヒメを呼んできてくれ」

オオクニヌシが手を叩《たた》いて部下にそう告げると、しばらくして見た目も麗しく、周囲に花が咲くような輝きを見せる女神シタテルヒメが姿を見せた。

「初めまして。オオクニヌシの娘のシタテルです」

シタテルヒメは折り目正しく、三つ指を突いてアメノワカヒコに挨拶をする。

「ア、アメノワカ、ヒコ、です」

そんなアメノワカヒコのうろたえる姿を見ながら、オオクニヌシは言う。

「どうだろうか？　アメノワカヒコさん、しばらくこちらで生活してみては？」

「は？」

「いや、高天原も良い場所だとは思う。しかし、こちらにはこちらの良さがある。一度それを味わってみては？　横にいるシタテルヒメを世話役に付けましょう」

見ると、シタテルヒメがアメノワカヒコに向かってニコッと笑う。その笑顔がたまらなく可愛《かわい》かった。

「（確かに……敵を知るのも良いかもしれない……）」

そう考えたアメノワカヒコは、しばらく地上界での生活を決意した。

それがまたオオクニヌシの戦略だった。

アメノワカヒコは、後にオオクニヌシの娘と結婚。気づけば、アメノワカヒコもまた地上界の生活にすっかり馴染《なじ》んでしまった。

またしても高天原の遣いによる裏切り。

しかしオオクニヌシからすると、もうこれぐらいのことはすべて想定の範囲内の戦略だった。なにより三年も前から、アメノホヒより高天原の意向は聞いている。次なる使者がやってくるであろうことも予測されている。後は、それに合わせていくつか作戦を用意しておけば良いだけのことだった。

地上界の王を甘く見ないでほしい。俺がつくった誇り高き国はそう簡単には渡さない。燃え上がる思いとともに、そう強く思った。

しかし、オオクニヌシにも一つだけ少しの考え違いがあった。

手中に落としたと思っていたアメノワカヒコだったが、彼は確かに高天原には見切りを付けてはいたが、その理由は少し変わっていた。

彼は計算高い、野心家だった。

オオクニヌシの娘を妻に迎えた自分。ということは、いずれ時が経てば、自分がオオクニヌシに代わって次の地上界の王になる機会が巡ってくる。そう考えると、高天原の神々の言うことを聞いておくよりも、こっちにいた方がいい。裏切りの裏には、そんな思いが潜んでいた。

そんな彼に悲劇が訪れる。

アメノワカヒコの派遣から八年の時が過ぎていた。高天原には、彼からなんの連絡も来ていなかった。

あまりにも遅い。そう不審に思ったアマテラスは、再び神々を天の安の河原に集めた。

「一体なにが起きているというの？　なぜ？　なぜアメノホヒも、アメノワカヒコも帰ってこないの？　なぜなんの音沙汰もないの？」

「急ぎ確認をしましょう。おい」

オモイカネがそう言うと、天から一羽のキジが飛んできて肩に降り立った。

「このキジの名は『鳴女《なきめ》』。このキジを遣いにやって、地上界の様子を探りに行かせましょう。キジならば裏切りもありますまい」

そうオモイカネが言うと同時に、鳴女は大きく羽を羽ばたかせ、地上界へと降りていった。

鳴女はあっという間に、地上界のアメノワカヒコの屋敷前に着くと、そこにあった楓《かえで》の木の枝に止まり、甲高い声で鳴き始めた。

「ワカヒコー!!　ナニシテルー!!　ナゼカエッテコナイー!?　レンラクシナイー!?　ワカヒコワカ

ヒコー!!　アマテラスオコッテルー!!」

高天原から派遣されてきた、不気味なキジのその声はすぐにアメノワカヒコの耳にも届いた。

予測はしていた。いずれ高天原から自分を追及する使者がやってくるだろうと。その時の対処法もすでに決めていた。


「(殺《や》るしか……ない)」


アメノワカヒコは腹を括《くく》っていた。どうせ自らの野心のままに、高天原を裏切っている身だ。どう弁解しようが通るわけもない。

アメノワカヒコは八年前に地上に派遣される際に、アマテラスから渡された「天之麻迦古弓」と「天之波波矢」を持ち出して、鳴女に狙いを定めた。

ズドンッ!!

聖なる神の矢は一瞬にして鳴女の身体を貫き、その威力のままにグングン空を突き進み、なんと天上界 高天原まで達した。

「こ、これは……?」

驚愕《きょうがく》したのは、高天原の神々だった。まさか、この見覚えのある矢がアメノワカヒコが射ったものだと、信じられなかった。いや、信じたくなかった……。

しかし、この血塗られた矢を射ったのは誰なのか、確かめなければいけなかった。

これほどの重大事項。高天原の神々は、アメノミナカヌシ、カミムスヒと並ぶ、偉大なる造化三神の最後の一柱、タカミムスヒに確認を取ってみた。

タカミムスヒは一部始終を聞き、矢を手にし、念を込めると同時にこう言い放った。

「もしアメノワカヒコが我々を裏切ったのなら、この矢によって災いを受けよ。そうでないのであれば、どこか遠くへ飛んでいけ!!」

そう言って天上界より矢を放った。

…………。

…………。

…………。

…………。

「ぎゃぁぁぁぁぁぁぁぁぁぁぁ!!」

地上界から、聞きたくなかった声が聞こえてしまった。

ここに高天原を裏切り、次の地上界の王になると野心に燃えた若き神、アメノワカヒコの命は潰《つい》えた。

彼の葬儀には親族や高天原の神々が参列したが、ちょっとしたハプニングが起きる。なんと葬儀場に、アメノワカヒコに瓜二つの神が現れたのだ。

彼はタカヒコネというアメノワカヒコとは血縁関係もない神だった。が、そのアメノワカヒコにそっくりな風貌によって、周りは大騒ぎ。

「アメノワカヒコが生き返った!! 生き返った!!」

そう叫びながら、手足にまとわりつかれるうちにタカヒコネは大激怒。

「俺を死者と間違えるのは、失礼にもほどがある!!」

そう怒鳴り散らすと、葬儀場の喪屋《もや》を斬り倒し、足で蹴り飛ばしてしまった。この喪屋が落ちたところが、美濃国《みののくに》（現在の岐阜県）にある「喪山《もやま》」だと言われている。

アメノオシホミミ、アメノホヒ、アメノワカヒコ……。

三度の失敗は、高天原の神々を絶望させていた。まさかこれほどまでにオオクニヌシが手強い存在だとは思ってもいなかった。

最早、天上界の神々は最後の手に打って出るしかなかった。

雷神タケミカヅチの派遣

三度目となる天の安の河原での会議。最早、誰もが言葉を重くしていた。アマテラスも思いを巡らせていた。

「(やはり、私の考えが間違っていたのだろうか……? 両親が治めるべきだった場所とはいえ、ここまで国をつくり上げたのはオオクニヌシ……。それを理解するべきだったのでは……?)」

そんな中だった。知恵の神であるオモイカネが、これが最後の選択肢であると前置きをした上で、重々しく口を開いた。

「こうなっては、天の石屋戸に住んでおられる剣神アメノオハバリ……か、もしくはその息子、雷神タケミカヅチに行ってもらうしかないでしょう……」

「まさか、高天原最強の武神だぞ!! あの二柱の神にまで……!?」

「ここまで来るとなると、致し方ないでしょう! アマテラス様、ご決断を!」

アメノオハバリとは、かつてイザナギが火の神ヒノカグツチを斬った時の刀剣「天之尾羽張の神」、その息子タケミカヅチは斬られたヒノカグツチから飛び散った血から生まれた神だった。

普段は誰も近づくことのできない天の安の河原の河上に住み、いつ何時起こるかわからない有事に備え、鍛錬《たんれん》を怠らない伝説の武神。

「……わかりました……。それではアメノカク。彼らに出陣の依頼をお願いします。くれぐれも失礼のないように」

「わかりました。行って参ります」

「それと、このことを忘れずに、必ず彼らに伝えてください……」

「？」

唯一、その二柱の神が住む場所へ行くことができるアメノカクという神を通じて、アマテラスの意向は伝えられることになった。

深い霧が出ていた。

そんな中を使者アメノカクはアメノオハバリとタケミカヅチを訪ねて、河上へ上っていった。

そんな時だった。

ガキィッ！！！！

強烈な金属音とともに、一瞬にして霧が晴れ、目の前を巨大な火花が炸裂《さくれつ》した。

「ヒッ!!」

ピシャッ!!

直後に稲光《いなびかり》が空一面に広がり、そこに二つの影が浮かび上がった。二つの影は高速で動き、ぶつかり合うその瞬間に地上を大きく揺らすほどの衝突音と金属音を轟かせた。

ズガッ!! ガキィッ!! ドンッ!!!!

「ヒッ! ヒィィィィッ!!」

地響きとあまりの衝撃音の恐怖に、叫び声が止まらないアメノカク。

「た、助けてくれぇぇぇぇぇ!!!!」

叫び声が届いたのか、声が響いた。

「……ん? ……父さん、一旦止めだ! 止め!!」

思いがけず爽やかな声とともに、轟音は収まった。

うつ伏せで頭を抱え、目を瞑《つむ》っていたアメノカクのもとに、ふわりと二つの影が降り立った。

高天原伝説の武神アメノオハバリとその息子タケミカヅチだった。

「驚かせてすまない。訓練中でして」

「大丈夫ですか?」

落ち着いてゆっくりと目を開いて顔を上げると、そこには長身でガッシリとした二柱の長髪の男性神が立っていた。二柱の神はともに筋肉がガッシリついていて、手に剣は持っているものの、それでも穏やかな表情が印象的だった。

　さすが、親子。それにしてもよく似ている。整った顔立ちを持ち、違いといえば、少しの老いとヒゲがあるかないかぐらいである。

「さて、アメノカク殿も、ここに来られるのも大変久しぶりですが、どうされました？　高天原でなにか？」

　アメノオハバリの穏やかな問いかけに、アメノカクが答える。

「あ、え、今日はアマテラス様のご意向を伝えに……！」

「アマテラス様からの？」

「えっと、実は……」

　そうしてアメノカクは、これまでの「国譲り」の一部始終と、アマテラスの意向を二柱の神に伝えた。それを聞いたアメノオハバリは答えた。

「かしこまりました。ただ私には、ここ天上界の河をせき止める役目がございますので、ここを離れられません。ここにいるタケミカヅチを向かわせましょう。おい、タケミカヅチ」

「はい、了解致しました」

「あ、えっと、じゃあ、こちらを……！」

　アメノカクがそう言うと、地上に向かうためのトリノイハクスブネという神の船が現れた。

「おぉ、これは助かります」

「タケミカヅチ、行ってこい」

「はい、父さん！」

「あ、後、アマテラス様からもこれだけは伝えてほしいという意向が……」

「なんでしょう？」

「……」

「……わかりました。仰せのままに」

その言葉とともに、タケミカヅチを乗せた神の船は、すごい勢いで地上界に向かって行った。

天上界と地上界の戦い

オオクニヌシは出雲国の稲佐《いなさ》の浜から海を眺め、たたずんでいた。

「（このままで終わるはずがない……）」

これまでの高天原の使者への連戦連勝に地上界の神々は沸き立っていた。しかし、唯一オオクニヌシだけは気を抜いていなかった。

「（次があるとしたら……、恐らく武力行使だろう。しかし、そうなるとしたら……）」

オオクニヌシがそう思った、ちょうどその時だった。

ピシャ!!

ゴロゴロゴロゴロ……。

空を突然黒雲が覆い、真っ白な稲光とともに雷鳴が鳴り響いた。

オオクニヌシが驚き、空を見上げたその瞬間だった。

ズガーン!!!!

「うぁっ!!」

強烈な落雷とともに、高天原最後の使者タケミカヅチがその姿を現した。

「な、なんだ!?」

空一面に広がる雷と光り輝く巨大な神の船を従えて、オオクニヌシの前に現れたタケミカヅチ。

なんと彼は剣を逆さにし、宙に浮きながらその剣先の上であぐらをかいた状態で、オオクニヌシをまっすぐに睨みつけた。

「我が名はタケミカヅチ。アマテラス様のご意向を持つ、高天原からの使者なり」

「(なるほど……こいつか……)」

噂には聞いたことがあった。高天原にはあの伝説の神スサノオと肩を並べるほどの最強の若き武神がいると。ただその強さは隠されているために、存在すらも疑われてきた。

その最強の武神が、今、目の前にいる。そのあまりの威圧感に、オオクニヌシの背中に嫌な脂汗が流れる。

「(こいつは……まずいかもな……)」

「用件はわかっているだろう。決して争いたくはない」

「(そういうことか……。決して話の通じない相手ではなさそうだ……)」

短い時間の中で、オオクニヌシは頭を全力で回転させた。なんとか、なんとか方策はないか。とにかく時間を稼がないと。

そして、言葉を発した。つとめて冷静に、心の焦りを悟られないように、極力ゆっくりと。

「地上界の王といえど、今や私はほとんど後世に譲った身。何卒《なにとぞ》、私の息子コトシロヌシの考えを聞いてほしい」

「どこにいる?」

「ここから遠く美保の岬。恐らく今は魚を取っているでしょう。戻ってくるまでしばらく時間がかかると思うが……」

「構わん」

タケミカヅチは一言だけそう言うと、オオクニヌシの言葉すら聞かず、トリノイハクスブネに飛び乗った。

船は一瞬にして姿を消し、着いた先はコトシロヌシのいる美保の岬。

のんびりと魚釣りをしていたオオクニヌシの息子 コトシロヌシのもとに突如として巨大な船が空一面の黒雲と雷を従えて現れた。

「な、な、な、なんだ!?」

驚くコトシロヌシに、オオクニヌシの時と同じように威圧感たっぷりにタケミカヅチが現れた。

「そなたがコトシロヌシか？」

「は、は、っは……!?」

突然の出来事に心の準備もなにも整っていなかったコトシロヌシ。あのオオクニヌシですら圧倒されたタケミカヅチの威圧感に、腰を抜かしそうになってしまった。

勝負とは準備こそが大切である。戦闘準備。心の準備。コトシロヌシは、あまりにもそれが整っていない状態だった。

「ヒィッ!!」

思わず情けない声が出てしまった。

この時点でもう勝敗は決した。タケミカヅチはゆっくりと、そして丁寧にコトシロヌシに語りかけた。

「我は高天原からの使者タケミカヅチ。この葦原の中つ国を、アマテラス様のご子息に委任するという天の意向について、そなたの考えを聞かせてもらいたい」

「わ、わ、わ、わ、私は!! かまいません!! かまいません!! と、思います!!」

そう言うとコトシロヌシは後ろ手に柏手《かしわで》を鳴らし、その姿を青い柴垣《しばがき》の中に隠してしまった。相当怖かったのだろう。

その姿を見届けて、タケミカヅチはゆっくりと目を瞑って思った。

「(せざるを得ない勝負というのは、勝っても後味が良くないものだな……)」

そして彼は再びトリノイハクスブネに飛び乗って、オオクニヌシの待つ稲佐の浜へ向かった。

再びの稲佐の浜。

「(なにか策を、なにか策を……。やはり戦うしか……)」

あれほどの地上界の王がうろたえるほどに、高天原最強の武神の威圧感は、想像を上回るものだった。

「タケミナカタに……頼るしか……ないか……」

オオクニヌシはコトシロヌシに続いて、息子タケミナカタを呼び寄せていた。

天上界最強の武神がタケミカヅチなら、地上界最強の武神は、このタケミナカタ。

「父上、お待たせ致しました」

タケミナカタがオオクニヌシのもとに到着した。筋骨隆々《きんこつりゅうりゅう》。巨大な岩すらも悠々と持ち上げる怪力が自慢。性格も好戦的。

しかし、このタケミナカタでも勝てるかどうかすらわからない。タケミカヅチはそれほどまでの威圧感を有していた。

とにかく、なんとか時間だけでも稼いでほしい。そう願うオオクニヌシのもとに、再びタケミカヅチが現れた。当然以前と同じように、巨大な雷を従えての登場だった。ただ、なぜか以前よりも威圧感は控えめにしていた。

「ご子息コトシロヌシにはご同意頂けました。再びのご意向を伺いたい」

最初の時に発していた威圧感を抑え、今度は礼儀正しくオオクニヌシに問うタケミカヅチ。その時だった。

「ちょっと待ったー！！！！！」

オオクニヌシの横に立つタケミナカタが、地上界すべてが揺れるほどの声をあげた。

「勝手言ってんじゃねぇぇぇぇぇぇ！！！！　ここは俺たち国つ神の国だぁぁぁ！！！！」

その声に少しも感情を揺らすことなく、タケミカヅチがタケミナカタを見る。

「こちらは？」

丁寧にオオクニヌシに問う。

「コトシロヌシと同じく、私の息子タケミナカタ。どうか彼の意向も聞いてやってほしい」

オオクニヌシがそう言うと同時に、タケミナカタは一〇〇〇人でようやく持ち上げられるというほどの大岩を、片手でヒョイッと持ち上げて、天高く放り投げた。

……ドーン！！！！

「おい！　貴様!!　勝負だ!!　高天原最強の武神かなにか知らねぇが、俺は甘くねぇぞ!!　かかってこい!!」

威圧的に振る舞うタケミナカタを、タケミカヅチは黙ってジッと見据える。今度はその目は突然冷たくなり、まるで感情が感じられないようになった。そして、小さく言った。

「できるなら戦いたくはない」

「なに？」

その音から嘘が感じられない、タケミカヅチのその言葉にオオクニヌシは驚いた。

しかし、血気にはやるタケミナカタは、大きな声をあげながら右手でタケミカヅチの腕を握り潰そうと掴んだ。

「うるせぇぇぇぇぇ！！！！」

ガッ！！！！！

しかし、タケミカヅチは少しもひるむ様子もなく、掴まれたその手をジッと見つめた。

「……本当にやるんだな？」

一言言った、その瞬間だった。

タケミカヅチの腕は氷に変形し、タケミナカタの腕を一瞬にして凍らせた。

「うがぁぁぁぁぁぁぁ！！！！」

「やるなら、本気でやらせてもらう」

「ぎゃ、ぎゃぁぁぁぁぁぁぁぁぁ！！！！！！」

次はタケミカヅチの氷の腕が剣に変わり、タケミナカタの手から血しぶきがあがった。

タケミナカタが驚いて手を離すと、タケミカヅチは表情も変えないまま、タケミナカタの腕を掴んだ。

まるで柔らかい葦の芽でも握るかのようにその腕を握り潰すと、そのままタケミナカタの巨体を軽々と天高く放り投げた。

ヒュ―ン………ドンッ。

「ひ、ひぃぃぃぃぃぃっ！！！！」

敵《かな》う相手ではないことを悟ったタケミナカタは、戦闘を放棄し、逃亡を図った。

そのタケミナカタを、タケミカヅチは表情も変えずに追った。

その刹那《せつな》、タケミカヅチはフッとオオクニヌシに視線を飛ばした。その一瞬の眼差しは、なぜか少しの物悲しさと同時に、オオクニヌシになにかを訴えかけているように感じさせた。

タケミナカタの逃亡は出雲国から信濃国《しなののくに》（現在の長野県）まで至ったが、最終的に諏訪湖《すわこ》のほとりで追い詰められた。

タケミカヅチに剣の切っ先を喉元に突き付けられた状態で、タケミナカタは言う。

「た、助けてくれ!!　もう逆らわない!!　もうこの諏訪の地から出ない!!　天のご意向もわかった!!」

勝負あり。

こうしてタケミナカタは諏訪の地の守護神となり、今この現在でも諏訪湖のほとりの諏訪大社《すわたいしゃ》に祀られている。

タケミカヅチは刃を収め、再びの稲佐の浜へと向かった。

誇りと友情の国譲り

オオクニヌシは待っていた。タケミナカタは、あの男には勝てない。そして恐らく、自分もあの男には勝てない。そのことを悟ってしまった。ということは、もう策はない。これ以上、抵抗する気もなかった。

完敗だった。再びタケミカヅチが姿を現すと、オオクニヌシは丸腰で彼を出迎えた。降伏の証しだった。

そんなオオクニヌシの姿を見たタケミカヅチは、その足もとに跪《ひざまず》いて言った。

「貴方様のこれまでの国づくりへの熱意と努力、このタケミカヅチにとって、心より尊敬に値します。国譲りにご同意頂けること、心より、心より、感謝を申し上げます」

タケミカヅチのその言葉にオオクニヌシはなにも言わずに、ただ頷いた。これまでの日々を思い返し、涙が流れたが、それでも頷いた。何度も、何度も頷いた。

「そなた……で……よかった……」

「は？」

「そなたでなければ、私も地上界の神々をあげて全力で戦っていたかもしれない。そうなればこの地上はどうなっていただろうか？　焼け野原になり、生きとし生けるものすべての命が失われていたかもしれない。しかし、そなたの誠実さと清く正しい心のおかげで、その気も失《う》せた。おかげで、多くの命が救われた」

オオクニヌシのその言葉に対して、タケミカヅチが答える。

「アマテラス様のご意向でございます。くれぐれもこれまでの『国づくりに尽力した、偉大なる地上の王に対しての尊敬の念を忘れるべきではない』と。だからこそ、私も極力戦闘を避けたかった……。特に貴方様と戦うようになることだけはしたくなかった……」

「ありがとう、ありがとう……」

二柱の神の間には涙とともに、深い、深い絆が結ばれた。

「タケミカヅチ殿……。一つだけ、一つだけ、お願いをしてもいいだろうか？」

「仰せのままに」

「どうかこの出雲国に、私、そして私の子どもたちが住むことのできる神殿をつくってはくれないだろうか？　高く、高く、天までそびえるほどの柱を持ったお社を。そして、私たちがいたということをいつまでも、いつまでも忘れないでいてほしい」

「かしこまりました。必ず」

オオクニヌシとタケミカヅチ。二柱の神は握手を交わした。

タケミカヅチから報告を受けたアマテラスの命によって、出雲国に「出雲《いずも》大社《たいしゃ》」がつくられた。

オオクニヌシの子どもでもあり、配下たちでもあった国つ神たちもすべて天つ神に従うこととなり、ここに、高天原念願の「国譲り」はなった。

ギチ…ッ
ピキ
パキパキ
ドサッ…
パキ…
シュラ…
ピキッ…
パキ
パキ…

ドッ
ビタッ.
ひっ

ザ ザ

ザザー…ッ
ザザー…ッ

第五章 「国譲り」 了

最終章　天孫降臨、そして……

「国譲り、成る」。

高天原に戻ったタケミカヅチからその報告を受けると、アマテラスはホッとしたように顔をほころばせた。

そのまま息子のアメノオシホミミを呼び寄せると、こう告げた。

「たった今、タケミカヅチより葦原の中つ国を平定したという報告を受けました。当初の予定通り、あなたが地上界に降りて葦原の中つ国を治めなさい」

その言葉に対して、アメノオシホミミが答える。

「一度逃げ出した手前、私にその資格はございません。ちょうど私の息子が産まれたばかりです。その子を次の地上界の王に推薦致します」

アマテラスにとって、孫となるその神。名をアメニキシクニニキシアマツヒコヒコホノニニギノミコトという。

マサカツアカツカチハヤヒアメノオシホミミノミコトの息子の名がアメニキシクニニキシアマツヒコヒコホノニニギノミコト。

もうめちゃくちゃである。めんどくさいので「ニニギ」でいい。

アマテラスもアメノオシホミミの主張を受け入れ、ここに地上界に降り立つ神が決まった。

ニニギノミコト。まだまだ見た目も幼く、しかしそれでいて瞳の奥からは純粋さと可能性を感じさせる神だった。

アマテラスは地上に降り立つにあたって、ニニギに地上の王の証しである三種の神器（草薙《くさなぎ》の太刀、八尺瓊勾玉《やさかにのまがたま》、八咫鏡《やたかがみ》）を手渡すとともに、三つの言葉を授けた。

一「天壌《てんじょう》無窮《むきゅう》の神勅」
この国の君主である自覚を持つこと

二「宝鏡《ほうきょう》奉斎《ほうさい》の神勅」
この鏡（八咫鏡）を私と思い、己の私利私欲で民を苦しめていないかを常に自省し、そこに「私」があるならば取り除くこと

三「斎庭《ゆにわ》稲穂《いなほ》の神勅」
稲を育て、この国を繁栄させること

この言葉は「三大神勅」。「古事記」と並ぶ、もう一つの代表的日本神話「日本書紀」の中にすべてが記載され、この国の王となるものが代々守り続けなければならない使命だと言われている。

「はい！　かしこまりました!!」

アマテラスから三種の神器と三大神勅をしっかりと受け取ったニニギは、元気いっぱいにそう答えると、地上へ降り立つ準備を始めた。


その間にアマテラスも彼を送り出す準備を始めた。地上に同行する神々の選抜である。だが、まだまだニニギは若い。やはり周りでサポートする熟練の神々がいる。

そう思ったアマテラスは、「天の石屋戸開き」の際に活躍した神々を中心に、オモイカネ、アメノタヂカラオ、アメノウズメ、アメノコヤネ、フトダマ、イシコリドメ、タマノヤ、アメノイワトワケを呼び寄せて、指令を下した。

「みんな、お願いね。ニニギをしっかりサポートしてちょうだい」

ふと思い出がよみがえる。これまで高天原を支えて来てくれた神々。スサノオの暴走によって、また自分の甘さによって高天原が危機に陥った時でも守ってくれたみんな。いつでも笑って、支えて、愛してくれたみんな。

そんな一つひとつを思い返せば返すほど、アマテラスは溢れる涙を止めることができなかった。

「……うっ……うっ……」

そんなアマテラスに知恵の神オモイカネが言う。

「アマテラス様、安心してください。ニニギ様は、私たちがしっかり守りますから」

続いて、芸能の神アメノウズメ。

「アマテラス様、今までずっとありがとう。楽しかった……」

天の石屋戸を投げ飛ばした力の神アメノタヂカラオ。

「たまには地上界に遊びに来て下さいよ！　って無理な話か！　ガハハハハ!!」

言葉は明るくとも、みんな泣いていた。みんながみんな泣いていた。

「お待たせしましたー!!」

旅支度を終えたニニギが駆け寄って来た。その視線の先では天上界の神々が抱き合って涙を流していた。まるで子どものようで、それでいて、美しい涙だった。

最後の別れを終えると、神々はニニギを先頭に高天原を発《た》った。

アマテラスは、その姿が見えなくなるまで見送っていた。

最後の、最後まで手を振り、見送っていた。

ザッ!

ニッ

ザッ…
その後、ニニギが受け継いだバトンは、
次の神へ、そしてまた、その次の神へと
引き継がれ、時の流れとともに、
この国の繁栄の礎は築かれていった。

その、ニニギから三代後に生まれた子。
その名をカムヤマトイワレビコ。
またの名を「神武《じんむ》天皇」と言う。

これが、「古事記」。

この世の始まりの物語。
数千年という時を越え、この現代にまで続く、日本の始まりの物語。
今もまだ全国各地の神社に鎮《しず》まる、八百万の神々の躍動物語。

最後に……
アマテラスは、高天原から葦原中つ国を眺めていた。
そこには天上界に負けないほどに、輝く星の姿があった。

春が来て、夏が来て、秋が来て、冬が来て……。

その一瞬一瞬の時の中で、様々な生命が躍動し、生きとし生けるもの、そのすべてが役割を全うし、見事な自然と生命の調和と循環をつくり上げていく。


ここに登場したすべての神々がその一瞬、一瞬の中で必死に生きて、繋がって、つくり上げてきたこの世界。

これまでの一つひとつの出来事に無駄はなく、一瞬一瞬の時間すべてにも無駄はなく、「必然」という名の積み重ねのもとに生まれた、この奇跡の世界。


アマテラスには流れる涙を止めることができなかった。


そして、祈りと誓いを立てた。

この美しき世界が、神々と人々が、ともに笑い合える幸せなこの国が、いつまでも、いつまでも、続いていくようにと。

自身もまたその役割の一つとして、この世界の営みを護《まも》っていこうと。

今日もまた太陽は昇り、沈んでいく。
そして生命は生まれ、繋がっていく。

神々も生きている。
そして僕ら人間もまた、生きている。
精一杯命を輝かせ、それぞれがこの世界で生きている。

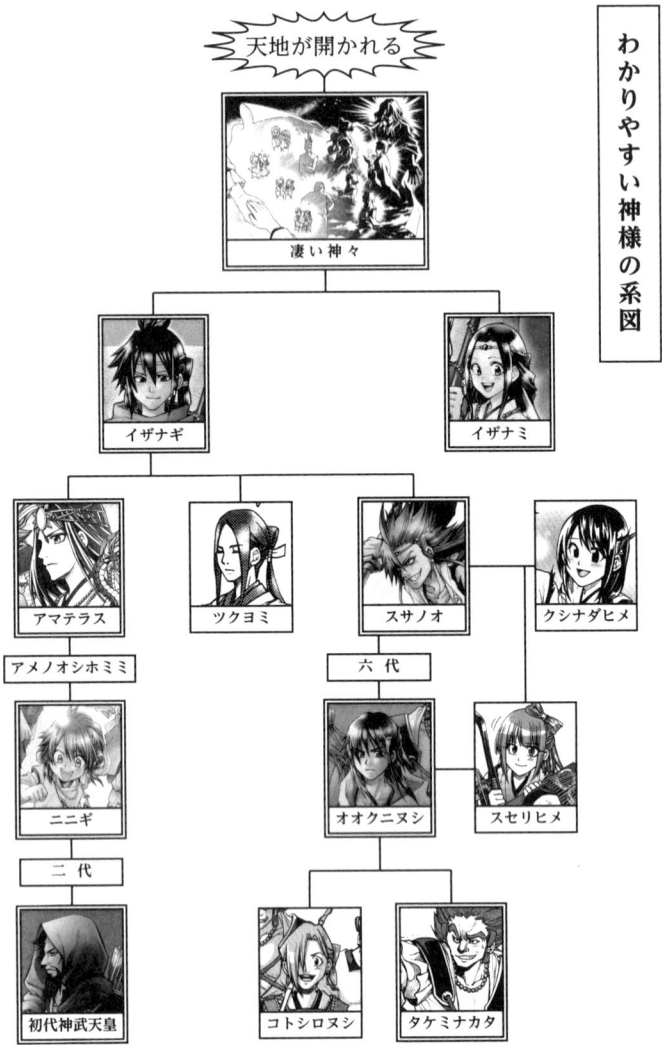

わかりやすい神様の系図

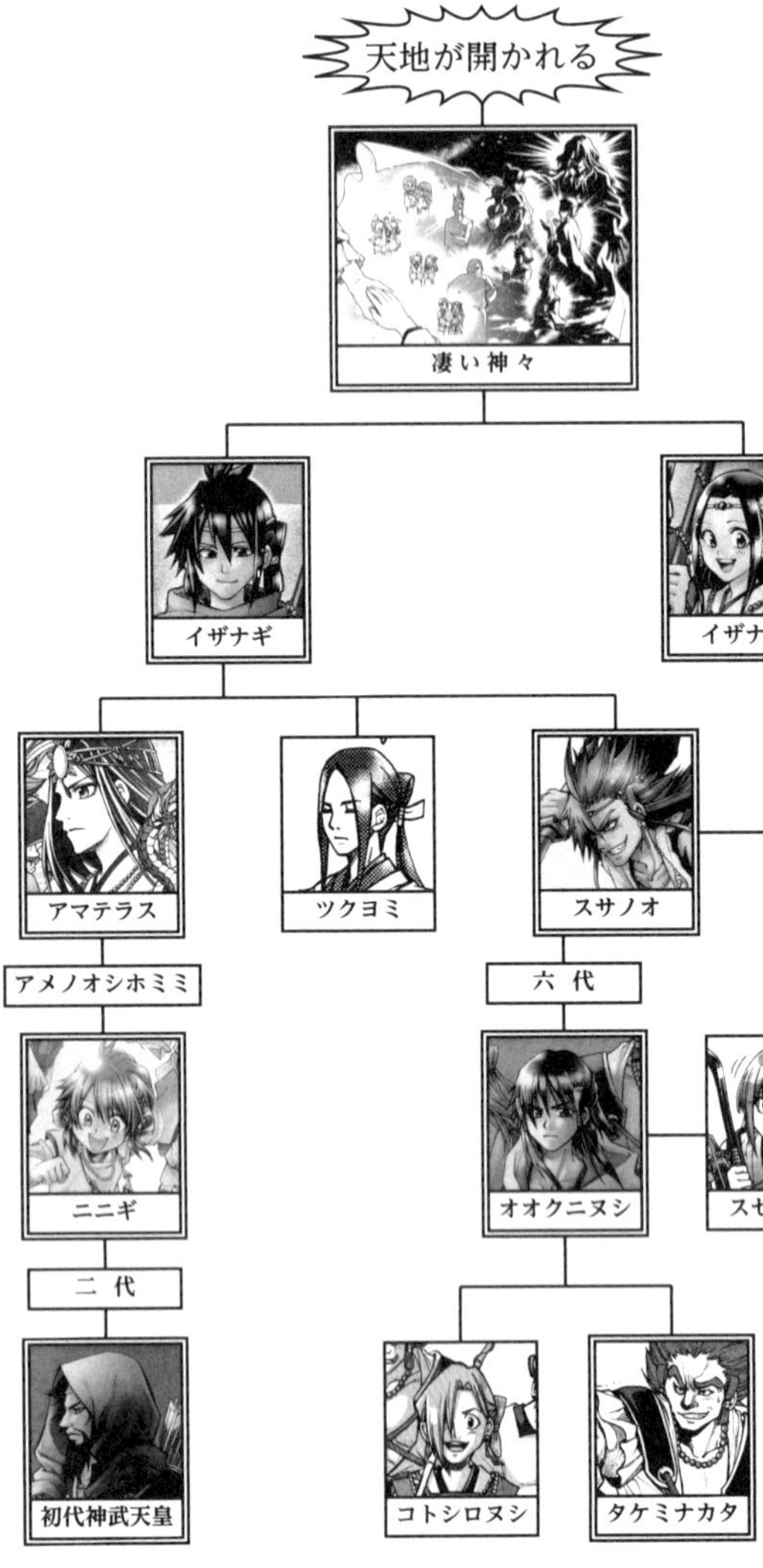

その他登場した主な神様たち

第二章

アメノウズメ

オモイカネ

アメノタヂカラオ

アメノコヤネ

フトタマ

最終章

サルタヒコ

第四章

スクナヒコナ

クエビコ

オオモノヌシ

第五章

タケミカヅチ

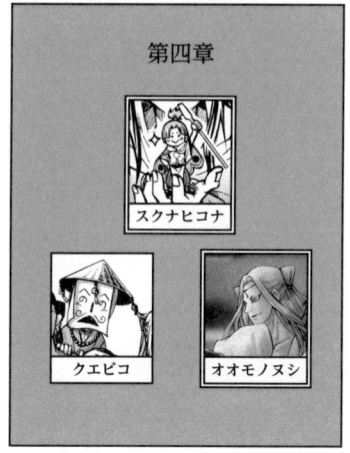

おわりに

「神様は全知全能」

多くの方がそう思っているように、僕自身長らくそのように思っていました。

しかし「古事記」を一度開いて、「最初に登場する、長い名前の神々」という壁を超えることさえできたら、そこには思っていた「神様」たちが存在しない世界が広がっていました。

人間以上に、人間らしく。

人間以上に、人間臭く。

泣きたいときに泣いて、怒りたいときに怒って、喜ぶときは全身いっぱいに喜びを表現し、感動するときには僕らと同じように涙する。

僕も「古事記」を読みながら、イザナギとイザナミの話では、二度と戻ることのない夫婦の愛に涙して、アマテラスの天の石屋戸開きでは、神々が人間と同じように問題解決のために会議をする姿にどこか親近感を覚え、スサノオのヤマタノオロチ退治では、ダメな子が成長していく姿を見守るように温かい気持ちになり、オオクニヌシの国づくりでは、オオナムジが成長していく姿にどこか自分自身を重ね合わせ、国譲りのシーンでは遥か神の時代のロマンに手に汗を握り、そして天孫降臨から初代神武天皇の誕生までの流れを知り、まさかこの物語が、今この現代にまで繋がる系譜の物語だったのかということに度肝を抜かれる。

「『古事記』ってこんなに面白かったんだ」

——そう思って書き始めたのが、この物語です。

2017年3月、『アウトロー古事記』という名前で、毎日のブログ連載を始めました。

最初は見てくれる方もほとんどいなかった中、神様の話を扱わせていただいたおかげか、みるみるうちにご縁がご縁を呼び、わずか半年で最高1日5万アクセスを記録し、月間で言えば100万以上のアクセスをいただけるようになりました。

その過程を経て、こうして皆さんにこの本をお届けできることに、今この「古事記」の物語、そしてこの躍動する神々の姿が、世に必要とされているという大きな確信を持っています。

「神様と人間の距離を縮めたい」

――それがブログとこの本を書いていく中で自然と感じた、もう一つの思いです。

不完全で未熟で子どものようで、それでも必死に生きて、まるで僕たち人間のようで、でも神社に行くと、ふと心を温かくしてくれて、いつでも家族のように僕らを見守ってくれている日本の神様たちの物語。

この物語を通して、「全知全能」と言われてきた神様たちの真実の姿をもっと身近に感じてくれたなら、これ以上の喜びはありません。

そして、もしできましたら、この物語をきっかけに、皆さんも皆さんだけの「神様との物語」を見つけていってほしいと思います。


日本全国にはたくさんの神社があります。

この「古事記」に登場した神様たちを祀っている神社も、たくさんあります。

もしかしたら、近所の神社のご祭神が、「古事記」の中に登場する神様かもしれません。

神話に登場する神々が、ふらっと近所に出歩けば出会えてしまう。

これが、この日本の神様の素晴らしさだと僕は思っています。

「古事記」の物語を知り、そしてそこに登場する神々に実際に会いに行く。

その先には「パワースポット」という言葉以上に、神様たちの本当の姿と気持ちに触れた、素晴らしい神社巡りができるのではないでしょうか。

そして、それはきっと、皆さんの人生により豊かな彩りを加えてくれるものだと思っています。

この物語をお届けすることで、少しでもそのことに貢献できたなら、僕にとってこれ以上の幸せはありません。

今まで読むことすら敬遠されることの多かったこの「古事記」の物語を、こうして最後まで読んでくださって、本当にありがとうございました。

次は皆様にとっても、素敵な日本の神様たちとの出会いがありますように。

2017年9月

荒川祐二

心からの感謝をこめて。

この本を手に取って下さった皆様。

今日までご縁を頂けたすべての方々。

伏谷茂雄様・瞳様、村田七美様、藤井佳子様、大谷部真帆様、古城葉佑子様、川東実沙子様・川東功様、浦田香津美様、溝邉尚哉様・悠未様・花奈様・晋作様、三浦秀明様（みゆみゆ）・三浦陽子様（よーちゃん）、石井弥和様、大脇ひろみ様・濱邊文治様、廣田収様・廣田直子様・廣田沙弓様・浜谷寿一様・浜谷正子様、阿部和江（ちゃびー☆）様、川上俊一様、小川恵津子様、中川和明様・中川ゆかり様、上村真由弓様、佐々木和子様、増倉敬子様・増倉辰也様・増倉誠様、岸本充代様・岸本直洋様・岸本実奈様・岸本拓真様・佐伯隆俊様、高野梨絵様、相良智惠子様・相良順一様・小谷亮太様・小谷章太様、Hiiko 様・佐久間凌 . 様・佐久間花凜🌸様、小野真一様・小野幸恵様・小野ほなみ様・小野航士朗様、福原美鈴様・翔様・梨奈様・陸様・空虹様、村松ゆか里様・村松昌彦様・翼様・源太様、宮本貴美様、新本君雄様・新本君弘様・新本君法様、森真啓様、守屋ひらり様・永江妙子様、岡田郁美様・岡庭千影様、よしこ様、かおり様、りえ様、れん様、よう様、小野紗代子様・小野颯介様、中山由紀様、成澤和枝様、山本由美子様、樋口良子様、後藤智恵様、真崎春望様、江草知代様、加島和美様、伽沙凛（キャサリン）様、下西美保子様、松井琉海様、今田佳代子様、勝山美奈様、橋本桂子様、凰斗麗巴様、川島久美子様・畑田尚子様、佐藤瑠依様、黒崎美由紀様、羽衣姫香耶様、高島里加子様、たっちゃん様・のぶちゃん様・しろたん様、村治祝子様・村治光祝様、岸本美陽様、薮内みなみ様、渡辺眞佐江様、せいかずこ様、小坂達也様、海部舞様、ふくちゃん様、堀内恭隆様、八木龍平様、荒川高久様・すえ子様・貴美子様・貴雄様・貴代乃様・愛心様・陽様、本間勇壮様・真有様・仁様・翔様、吉田正徳様・眞由美様、小田節子様、金森正義様、Team スサノオ一同（スサノオ様、小春様、影狼様、ミッチー様、塩ジイ様、因幡様）様、八百万の神々様（順不同）。

そして、

最愛の家族へ。

荒川祐二（あらかわ ゆうじ）

1986年3月25日生まれ。上智大学経済学部経営学科卒。作家・小説家として、これまでに様々なジャンルの本を上梓。2017年3月から始まった『神さまと友達になる』というブログでは、古事記の物語や日本の神々の歴史やその姿をコミカルに伝え続け、わずか半年で1日最高5万アクセス、月間アクセス100万を突破する人気ブログとなる。

『家にスサノオが棲みつきまして…』や『スサノオと日本の神を巡る旅』、『スサノオと瀬織津姫を巡る旅』、『スサノオと菊理媛を巡る旅』など、今も日本の神様に関連した人気コンテンツを生みだし続けている。

著作に『神さまと友達になる旅』、『スサノオと行く瀬織津姫、謎解きの旅』（いずれもVOICE）など11冊。

荒川祐二オフィシャルブログ『神さまと友達になる』
https://ameblo.jp/yuji-arakawa/

神訳《かみやく》 古事記《こじき》

2017年10月20日　初版1刷発行
2018年11月15日　　　2刷発行

著　者　荒川祐二《あらかわゆうじ》
発行者　田邉浩司
発行所　株式会社 光文社
〒112-8011　東京都文京区音羽1-16-6
電話　編集部 03-5395-8172　書籍販売部 03-5395-8116　業務部 03-5395-8125
メール　non@kobunsha.com
落丁本・乱丁本は業務部へご連絡くだされば、お取り替えいたします。
組　版　萩原印刷
印刷所　萩原印刷
製本所　ナショナル製本

ISBN978-4-334-97955-3